SCIENCE FICTION

Herausgegeben
von Wolfgang Jeschke

Von **Frederik Pohl** erschien in der Reihe
HEYNE SCIENCE FICTION & FANTASY:

Die letzte Antwort · 0603321
(mit C. M. Kornbluth)
Eine Handvoll Venus und ehrbare Kaufleute · 0603368
(mit C. M. Kornbluth)
Terror · 0604703
Die Unsterblichen und die Toten · 0605146

Als Herausgeber:
(mit Wolfgang Jeschke)
Titan – 1 · 0603487
Titan – 2 · 0603507
Titan – 3 · 0603520
Titan – 4 · 0603533
Titan – 5 · 0603546

In der **BIBLIOTHEK DER SCIENCE FICTION LITERATUR:**
Eine Handvoll Venus und ehrbare Kaufleute · 0604
(mit C. M. Kornbluth)
Mensch + · 06076

FREDERIK POHL

Die Unsterblichen und die Toten

Roman

Aus dem Amerikanischen übersetzt
von
IRENE BONHORST

Deutsche Erstausgabe

WILHELM HEYNE VERLAG
MÜNCHEN

HEYNE SCIENCE FICTION & FANTASY
Band 06/5146

Titel der amerikanischen Originalausgabe
OUTNUMBERING THE DEAD
Deutsche Übersetzung von Irene Bonhorst
Das Umschlagbild und die Innenillustrationen
sind von Steve Crisp

Redaktion: Wolfgang Jeschke

Erstausgabe (Hardcover) by Random Century Group, London
(A Legend Novella)

Printed in Germany 1994
Umschlaggestaltung: Atelier Ingrid Schütz, München
Technische Betreuung: Manfred Spinola
Satz: Schaber, Satz- und Datentechnik, Wels
Druck und Bindung: Elsnerdruck, Berlin

ISBN 3-453-07765-2

1

Obwohl der Ort der Handlung ein Krankenhaus ist, oder zumindest einem Krankenhaus so ähnlich, daß es auf dasselbe hinausläuft, riecht er nicht danach. Und erst recht sieht er nicht danach aus. Durch die blühenden Ranken, die an den Wänden hochklettern, und das beruhigende, sanfte Platsch-patsch *des kleinen Wasserfalls am Kopfende des Bettes hat man hier eher den Eindruck von einer Luxussuite in einem alten verschwiegenen Motel. Rafiel ist frisch instandgesetzt worden, neu verplombt und so hergerichtet, daß er wieder fünf Jahre lang über die Runden kommt, bevor er das nächste Mal an diesen Ort kommen muß, um die gleiche Behandlung über sich ergehen zu lassen, und deshalb sieht auch er nicht unbedingt wie ein Krankenhauspatient aus. Er sieht wie ein Filmstar aus, was er mehr oder weniger auch ist; ein Filmstar, der vielleicht vierzig Jahre alt ist und sich gut genug gehalten hat, um für etwas älter als zwanzig durchzugehen. Insofern trügt der Schein allerdings. Nach all dem Schnippeln und Bohren und Implantieren, das man während der vergangenen elf Tage an ihm vorgenommen hat, ist er jetzt ein* bemerkenswert *rüstiger Mann von zweiundneunzig Jahren.*

ALS RAFIEL ALLMÄHLICH aus seinem Designertraum aufwachte, hatte er großen Hunger (das lag daran, daß er elf Tage lang intravenös ernährt worden war) und war außerdem ziemlich geil (das war die Nachwirkung des Designertraums). »*B'jour,* Rafiel«, sagte die sanfte, süßliche Stimme der Versorgungsmaschine und drang damit in seinen therapeutischen Traum ein, dessen letzte Reste dahinschmolzen. Rafiel spürte die zarte Berührung der Versorgungsmaschine, die die Elektroden von seinen Wangenknochen entfernte, und im klaren Bewußtsein darüber, wo er war und warum er hier war, öffnete er die Augen.

Er richtete sich im Bett auf und schob die hilfreiche samtweiche Hand der Versorgungsmaschine beiseite. Während er besinnungslos gewesen war, hatte man sein Zimmer mit Blumen gefüllt. Entlang der einen Wand erstreckte sich ein großer Rosenteppich, leuchtender roter und gelber Mohn stand auf der Fensterbank, mit Blickrichtung in den tiefgelegenen Innenhof. »*Momento,* bitte«, sagte er zu der Versorgungsmaschine und reckte versuchsweise den nackten Körper. Sie hatten gute Arbeit geleistet. Dieser lästige kleine Schmerz in der Schulter war weg, und als er eine Hand ausstreckte, bemerkte er, daß dasselbe für die Altersflecken auf seiner Haut zutraf. Außerdem stellte er mit Genugtuung fest, daß er mit einer gewaltigen Erektion aufgewacht war. »Scheint alles okay zu sein«, sagte er zufrieden.

»Hai, claro«, bestätigte die Versorgungsmaschine. Das war die vom Dienstprogramm vorgegebene Allzweck-Antwort der Maschine auf alle sinnentleerten oder belanglosen Äußerungen, die die Krankenhauspatienten beim ersten Aufwachen von sich gaben. »Ihre *amis* warten darauf, hereinkommen zu dürfen.«

»Die können warten.« Rafiel gähnte in angenehmer Erinnerung an den letzten Traum. Dann, als seine Schwellung allmählich zurückging, schob er den Fuß über die Bettkante und stand auf. Er scheuchte die Versorgungsmaschine mit einer Handbewegung aus dem Weg und runzelte mißmutig die Stirn. »Verflucht! Sie haben das leichte Schwindelgefühl nicht behoben, unter dem ich gelitten habe.«

»*Voulez vous* Ihr Krankenblatt sehen?« bot die Versorgungsmaschine an. Aber Rafiel wollte absolut nicht wissen, was man mit ihm gemacht hatte. Er unternahm probehalber ein paar Schritte, und dabei ließ die Versorgungsmaschine ihre Hilfe nicht länger abwimmeln. Sie packte ihn fest am Arm und führte ihn in Richtung Bad und WC. Sie blieb neben ihm stehen, während er die Toilette benutzte, und ging wachsam zusammen mit ihm in die Sprühdusche, wo die Feuchtigkeit an ihren metallenen Flächen abglitt, ohne Schaden anzurichten. Während sie ihn abtrocknete, schnappte sie mit einer Hand einen Finger von ihm und hielt ihn einen Augenblick lang fest – Puls, Blutdruck, wer weiß, was sie messen mochte? –, bevor sie sagte: »Sie können gehen, wann immer es Ihnen beliebt, Rafiel.«

»Sie sind sehr liebenswürdig«, entgegnete Rafiel, denn es lag in seiner Natur, selbst zu Maschinen höflich zu sein. Zu menschlichen Wesen natürlich auch. Zu Menschen erst recht, jedenfalls soweit es sich machen ließ, denn Menschen waren das, woraus sich das Publikum zusammensetzte, und kein vernünftiger Künstler wollte sein Publikum vor den Kopf stoßen. Doch bei den Menschen fiel es Rafiel schwerer, immer höflich zu sein, da ein Impuls im Innern, wo sich all seine Gefühle abspielten, ihn sehr heftig drängte, das Gegenteil zu sein – frech, beleidigend, sogar gewalttätig – und hin und wieder in einige dieser hübschen jungen Gesichter zu spucken, um die Wut abzureagieren, die ständig unsichtbar in ihm brannte. Er hatte ein gutes Recht auf diesen schwelenden Zorn, da er in seinem Leben so entsetzlich betrogen worden war, aber – er war schließlich ein fairer Mann – die anderen trugen eigentlich keine Schuld an seinem speziellen Problem, oder? Und im übrigen hatte die menschliche Rasse im allgemeinen

einen Charakterzug, dank dessen man ihr die meisten anderen nachsehen konnte: Sie himmelte Rafiel an. Jedenfalls hatten Hochrechnungen ergeben, daß 36,9 Prozent das wahrscheinlich taten, eine Zahl, die nur eine Handvoll Superstars hoffen konnten je zu überbieten.

Eine derartige Hingabe von seiten des Publikums legte einem Künstler bestimmte Verpflichtungen auf. Die äußere Erscheinung war eine davon, und Rafiel erwog mit Bedacht, was er für seine Entlassung aus dem Krankenhaus anziehen sollte. Aus der begrenzten Auswahl, die ihm sein schmaler Patientenschrank bot, wählte er rote Beinkleider, eine glänzende blaue Bluse und eine Seidenmütze, um sein unfrisiertes Haar zu bedecken. An den Füßen trug er lediglich leichte Velourlederpantoffeln, doch das war durchaus in Ordnung so. Er würde nicht auftreten und brauchte auf dem warmen, weichen, moosigen Bodenbelag des Krankenhauses nichts anderes.

Er trat mit rhythmischen Schritten ans Fenster und blickte hinaus zu den fernen Gestalten auf den Galerien des Hundertmeter-Atriums des Bogenbaus, in dem er lebte und arbeitete, und zu den grellbunten Kostümen der Spaziergänger auf den luftigen Brücken, bevor er das Fenster mit seinem Atemhauch eintrübte, um sein Spiegelbild zu begutachten. Es war zufriedenstellend, obwohl es besser gewesen wäre, wenn er seine Auswahl aus dem Kleiderschrank bei sich zu Hause hätte treffen können. Er war bereit für die Öffentlichkeit, die auf ihn wartete – und für all die anderen Dinge, die ebenfalls auf ihn warteten. Er fragte sich, wieviel Zeit er wohl verloren haben mochte. Er fragte sich, ob die Renovierung seiner Wohneinheit inzwischen durchgeführt war, wie es hätte geschehen sollen, solang er sich in der medizinischen Fabrik aufhielt; er fragte sich, ob es seiner Agentin gelungen sein mochte, die persönlichen Auftritte umzubuchen, die er notgedrungen verpaßt hatte, und ob die neue Show (wie war noch mal ihr Titel – ach ja, *Oedipus Rex*, was immer das heißen mochte) zustande gekommen war.

Er war plötzlich ungeduldig, mit seinem Leben fortzufahren, also sagte er: »Na gut, sie können jetzt reinkommen« – und einen Augenblick später, als die Versorgungsmaschine dem Überwachungsapparat draußen vor dem Eingang ein Zeichen gegeben hatte, daß alles in Ordnung war, kamen sie herein, seine Freunde und Kollegen von der neuen Show: die blasse, zierliche Docilia, die zu ihm gehuscht kam und ihm einen flüchtigen Kuß gab; Mosay, sein Dramaturg, der noch mehr Blumen brachte, ein Gesteck für Rafiels Bluse; Victorium, der sich sein Musikabspielgerät um den Hals gehängt hatte; sie alle grinsten und hießen ihn willkommen zurück im Leben. »Und *comment va* unser Ödipus heute morgen?« fragte Mosay mit vorgetäuschter Besorgnis. Mosay rechnete nicht damit, daß seine Besorgnis ernst genommen würde, natürlich nicht, denn es gab in Wirklichkeit nicht den geringsten Grund zur Besorgnis. Die Versorgungsmaschinen hätten Rafiel nicht aufgeweckt, wenn die Arbeit nicht erfolgreich durchgeführt worden wäre.

»*Tutto bene*«, antwortete Rafiel erwartungsgemäß, während er sich von Mosay den Strauß kleiner rosafarbener Veilchen an die Bluse stecken ließ und ihren süßen Duft genüßlich einatmete. »Bereit zur Arbeit. Oh, und *faim* habe ich auch.«

»Natürlich, nach alledem«, sagte Docilia und umarmte ihn. »Wir haben bereits ein Essen für dich fix und fertig. Darfst du jetzt gehen?« fragte sie ihn, sah dabei jedoch die Versorgungsmaschine an – deren Antwort lediglich darin bestand, daß sie die Tür für sie öffnete. Mit einem warmen Griff um den Arm und einem innigen Gesäusel in sein Ohr führte ihn Dociclia aus dem Zimmer, in dem er elf Tage lang ohne Bewußtsein gelegen hatte, während die Ärzte mit Hilfe der Versorgungsmaschinen ihn angebohrt und aufgeschnitten und in ihm herumgestochert und ihn wieder zusammenflickt hatten.

Rafiel warf beim Eintritt in seine nächste Lebensphase mit einer neuen Installationsserie nicht mal einen Blick zurück. Der Ort erweckte in ihm keine wehmütigen Abschiedsgefühle. Er hatte ihn schon zuvor allzu häufig gesehen.

2

Das Restaurant – nun, man könnte es so nennen, es ähnelt zumindest einem Restaurant – liegt im mittleren Bereich des Bogenbaus. Darüber gibt es noch ungefähr hundert Stockwerke, und ein paar hundert weitere darunter. Es ist ein Ort, den berühmte Vid-Stars aufsuchen, um gesehen zu werden, und deshalb gibt es am Eingang zum Restaurant so etwas wie eine teestubenartige, saloonartige, cocktailloungeartige Einrichtung, in der sich gewöhnliche Leute aufhalten und hoffen, einen Blick auf eine der gefeierten Persönlichkeiten werfen zu können, die hergekommen sind, um Blicke auf sich werfen zu lassen. Als Rafiel und seine Freunde durch diesen warmen, dämmerigen Raum gehen, wenden sich erfreulicherweise Köpfe in ihre Richtung. Mosay flüstert Docilia etwas Lustiges zu, und Docilia, die als Antwort lächelt, raunt ihrerseits Rafiel etwas Leidenschaftliches ins Ohr, aber in Wirklichkeit lauschen sie alle mehr auf die Worte der Leute ringsum als auf das, was sie sich gegenseitig sagen. »Das ist der Vid-Star mit der begrenzten Lebensdauer«, sagt eine unüberhörbare Stimme, und Rafiel kann nicht verhindern, daß er über dieses Erkanntwerden ein wenig strahlt, obwohl er es natürlich vorgezogen hätte, nur wegen seiner Arbeit prominent zu sein und nicht wegen seines Problems. »Ich hatte keine Ahnung, daß sie so schmächtig ist«, sagt eine andere Stimme – und meint damit zweifellos Docilia; diese Bemerkung fällt sehr oft. Und obwohl Mosay so tut, als ob er nichts hört, als jemand sagt: »Er hat ein *grandissimo* vor sich, *ils disent*«, blinzelt er unwillkürlich, da ihm klar ist, um wen es sich bei diesem ›er‹ handelt. Doch dann kommt der *maître d'* auf sie zu, um sie zu ihrem speziellen Tisch auf einem Außenbalkon zu führen.

RAFIEL GING ALS LETZTER durch die Tür hinaus. Er verharrte für einen Moment, um den Leuten im Innern ein unverbindliches Lächeln und ein Winken zu schenken, dann trat er hinaus in das warme, diffuse Licht des Balkons, ganz zufrieden damit, wie die Dinge liefen. Seine Freunde hatten den geeigneten Ort für seine Selbstpräsentations-Mahlzeit gewählt. Wenn es wichtig war, dabei gesehen zu werden, wie sie zum Essen gingen, so war es ebenso wichtig, daß sie ihren eigenen privaten Balkon hatten, auf dem sie essen konnten. Sie wollten beim Essen gesehen werden, selbstverständlich, denn für Theaterleute gehörte es zum Beruf, bei jeder Gelegenheit gesehen zu werden – doch aus angemessener Entfernung. Wie zum Beispiel auf dem Balkon, wo sie gut im Blickfeld all der Leute waren, die zufällig das Atrium des Bogenbaus überquerten oder durch die Fenster auf der gegenüberliegenden Seite herausschauten. Der Vorteil dabei war, daß diese Leute zu der nächsten Person, der sie begegneten, sagen würden: »*Senti,* rate mal, wen ich heute beim Mittagessen gesehen habe! Rafiel! Und Docilia! Und – *comme dit* – diesen Musiktypen.« Und die Erinnerung an ihre Namen würde bei der Öffentlichkeit wieder mal aufgefrischt werden.

Deshalb war der Balkon, obwohl es sich um ein Geschäftsessen handelte, der geeignete Ort, um es einzunehmen. Es war kein Ort, der nach Geschäft aussah; er hätte besser zu einem Liebespaar gepaßt, mit der sanften warmen Brise, die sie umspielte, und den Kolibris, die in der Nähe ihrer Saftgläser herumschwirrten in der Hoffnung auf eine milde Gabe. Wirklich, er wäre gerade richtig für zwei Leute gewesen; für sie vier, dazu mit den Dienermaschinen, die sich mit ihren Serviertabletts zwischen ihnen bewegten, war es ein ziemlich enges Gedränge.

Rafiel fiel gierig über das Essen her und tat sich große Berge von allem auf, so schnell die Dienermaschinen es herbeischaffen konnten. Seine Freunde unterstützten ihn mit vereinten Kräften. »Gebt ihm *pommes*«, befahl Mosay, und Docilia flüsterte: »Versuch das *sushi ceveche,* es ist *fine*.« Mit vollem Mund und kauend, ließ Rafiel zu, daß seine Freunde so großes Aufhebens um ihn machten. Von Zeit zu Zeit hob er den Blick von seinem Essen, um über einen Scherz oder eine ulkige Bemerkung zu lächeln, doch es bestand keine Notwendigkeit, daß er sich an der Unterhaltung beteiligte. Schließlich war er gerade erst aus dem Krankenhaus gekommen (und außerdem war er Star, selbst unter diesen Stars; aber das war eine altbekannte Tatsache). Er wußte, daß sie früh genug aufs Geschäftliche zu sprechen kommen würden. Docilia hatte es immer sehr eilig, die nächste Produktion anzuleiern, und Mosay, der Dramaturg, war – nun, er war eben mit Leib und Seele Dramaturg. Es war sein *Lebenszweck,* Dinge in Gang zu bringen. Unterdessen war es Rafiels gutes Recht, seinen Appetit in einer Hinsicht zu stillen und sich der Vorfreude hinzugeben in der angenehmen Aussicht, ihn auch in der anderen Hinsicht zu befriedigen. Als Docilia ihm einen Bissen eingelegten Fisch zwischen die Lippen schob, leckte er leidenschaftlich ihre Fingerspitzen und sah ihr tief in die Augen.

Langsam entspannte er sich.

Die elf Tage in der medizinischen Fabrik waren für Rafiel wie eine einzige Nacht vergangen, da er fast die ganze Zeit in friedlicher Bewußtlosigkeit verbracht hatte. Er erkannte jedoch, daß für die anderen die Zeit nicht stehengeblieben war, denn sie hatten sich ein wenig verändert. Mosay trug jetzt einen kleinen gewichsten Schnauzbart, und Victorium war unerwarteterweise tief gebräunt, bis hinauf zu seinem *cache-sexe* sowie auf der ausgedehnten Bauchfläche, die seine kurze, bestickte Weste enthüllte. Docilia war wieder weißblond geworden. Aus diesem Grund war sie ganz in Weiß gekleidet, oder fast ganz: eine weiße ausgestellte Hose und ein weißes Trägeroberteil, das viel von ihrer blassen Haut sehen ließ. Der einzige Kontrast war ein Flicken aus pfirsichflaumiger Stickerei im Schritt ihrer Hose, der – Rafiel war ziemlich sicher, daß er sich richtig erinnerte – genau den Umrissen ihres Schamhaars angepaßt war. Eine Besonderheit von typischer Docilia-Art, dachte Rafiel.

Natürlich waren sie alle sehr ausgefallen gekleidet. Das waren sie immer; wie Rafiel waren sie es ihrem Publikum schuldig. Der Unterschied zwischen Rafiel und den anderen war, daß sie alle aussahen, als wären sie etwa zwanzig Jahre alt – nun, eigentlich alterslos, aber bestimmt auf keinen Fall älter als hervorragend erhaltene Dreißigjährige. So hatten sie immer ausgesehen. Alle. Alle zehn *Milliarden*, überall auf der Welt und auf allen anderen Welten, oder jedenfalls fast allen... Mit Ausnahme natürlich der Handvoll von Abartigen, zu denen er selbst gehörte.

Als Docilia merkte, daß Rafiels Blick weiterhin auf ihr ruhte – was ihr sofort auffiel, da es Docilia niemals entging, wenn jemand sie ansah –, streckte sie die Hand nach ihm aus und tätschelte liebevoll seinen Arm. Er beugte sich an ihr Ohr und hauchte die Frage hinein: »*Bitte*, bist du heute nachmittag frei?«

Sie schenkte ihm ein zärtliches Lächeln. »Für dich«, sagte es und klang fast so, als ob sie meinte, was sie sagte, »*siempre*.« Sie hob seine Hand hoch und küßte die Spitze seines Mittelfingers, um zu zeigen, daß es ihr ernst war. »*Mais*, können wir erst ein bißchen übers Geschäft reden? Victorium hat die Partitur vollendet, und sie ist *belle*. Wir müssen...«

»Können wir in *casa tu* spielen?«

Wieder ein schmelzendes Lächeln. »*Hai,* das können wir. *Hai,* das werden wir, soviel du willst. Aber hör zu, wir haben ein wundervolles Duett im zweiten Akt, du und ich. Ich liebe es, Rafiel. Es ist der Zeitpunkt, nachdem du gerade herausgefunden hast, daß die Frau, mit der du gepennt hast – das bin ich –, deine Mutter ist – das bin auch ich. Dann erzähle ich dir, daß das, was du getan hast, Sünde ist – und am Ende des Duetts laufe ich weg, um mich zu erhängen. Dann hast du einen Solotanz. Spielst du das Stück vor, Victorium?«

Victorium brauchte nicht lange gebeten zu werden; seine Hand berührte den Recorder in dem Amulett, das ihm um den Hals hing, und die Musik ergoß sich daraus. Rafiel ließ seinen Löffel in der saftigen weißen Sapotilla stecken, um zuzuhören, da er kaum eine andere Wahl hatte. Es war ein schnelles, raffiniertes Jazzstück, das aus Victoriums Musikbox kam, jedoch auch mit Blues-Anklängen und einer lustigen Hauruck-Syncopierung eines Rhythmus, der sich für Rafiel schottisch anhörte.

»*Che? Che?*« fragte Victorium eifrig, als er den Ausdruck in Rafiels Gesicht sah. »Gefällt es dir nicht?«

»Es hört sich einfach ein bißchen – holprig an«, sagte Rafiel. »*Pas* geschmeidig. Als ob ein kleines Humpeln drin wäre.«

»*Hai! Precisamente!*« rief Mosay aus. »Du hast es gleich erfaßt!«

Rafiel blinzelte ihn an. »Was habe ich erfaßt?«

»Was Victoriums Musik andeutet, natürlich! Du spielst doch den *Oedipus Rex,* und der ist angeblich gehbehindert.«

»Oh, *claro*«, sagte Rafiel, aber es war ihm überhaupt nicht klar. Er wischte sich den Saft der Sapotilla vom Mund, während er darüber nachdachte. Dann fragte er den Dramaturgen: »Hältst du es für eine gute Idee, daß ich die Rolle eines Gehbehinderten tanzen soll?« Er bekam eine Antwort, indem er Docilias winziges Kichern hörte und merkte, wie Victorium versuchte, seinerseits eines zu unterdrücken. »Ach, *merde*«, brummte Rafiel, als ihm wieder einmal die unerfreuliche Tatsache vor Augen geführt wurde, daß es nicht sein Talent war, sondern seine Wunderlichkeit, die das Publikum entzückte. Der Alterungsprozeß war bei ihm verzögert, aber nicht vollkommen aufgehalten worden. Seine Reflexe waren nicht die eines Zwanzigjährigen, und genau diese komischen kleinen Stolperer und Ausrutscher, die gelegentlich bei ihm vorkamen, waren es, die ihn zu *Rafiel* machten. »Das gefällt mir nicht«, beschwerte er sich, wohl wissend, daß er nichts damit erreichen würde.

»Aber du *mußt* es so machen«, rief der Dramaturg voller Überzeugungskraft und Eindringlichkeit aus – er war nun mal Dramaturg, um es kurz zu sagen, der einen Star zurechtbiegen mußte. »*C'est toi*, wirklich! Die Rolle könnte dir auf den Leib geschrieben worden sein. Ödipus hat ein kleines körperliches Gebrechen, aber wir werden Zeugen, wie er sich über seine Behinderung erhebt und wundervoll tanzt. Wie immer, Rafiel, spiel dich selbst!«

»D'accord«, gab Rafiel klein bei, da er wußte, daß er nicht anders konnte. Er aß seine Frucht weiter und dachte nach. Als er damit fertig war, schob er die Schale von sich und fragte mißmutig: »Wie gehbehindert genau soll Ödipus angeblich sein?«

»Er ist ein bißchen *blessé*, aber nur ein kleines bißchen. Etwas stimmt mit seinen Fußknöcheln nicht. Sie wurden verstümmelt, als er noch ein Baby war.«

»Aha«, sagte Rafiel und nickte Victorium zu. Der Musiker spielte noch einmal die fünf Takte der Melodie.

»Kannst du danach tanzen?« fragte Victorium voller Eifer.

»Natürlich kann ich das. Wenn ich meine Stepschuhe hätte …«

»Gib ihm seine Stepschuhe, Mosay«, befahl Docilia und bückte sich, um Rafiel beim Anziehen zu helfen, während der Dramaturg in die Hände klatschte, damit eine Dienermaschine eine Stepunterlage brachte.

»Laß die Musik vom Ende des Duetts an laufen«, befahl Rafiel, der sein Essen im Stich ließ und in der Enge des Balkons aufstand. Er bewegte sich leicht, schaukelte vor und zurück und begann dann zu steppen – nicht im Takt der Musik, sondern etwas versetzt dazu – *Klack rechts, Schlurf links* – während seine Freunde anerkennend nickten – *Ausfallschritt zurück, Schieber nach vorn.* Doch der Platz reichte nicht aus. Ein Fuß verhedderte sich mit dem anderen; er stolperte und wäre fast gefallen. Victoriums starke Hand fing ihn auf. »Ich bin tolpatschiger denn je«, seufzte er traurig.

»Den Leuten wird es unheimlich gefallen«, sagte Mosay zu seinem Trost, und damit hatte er auch nicht gelogen, wie der unglückliche Rafiel wußte – denn was sonst war es als seine falschen Zwischenschritte, das komische Zittern in seiner Stimme – um ehrlich zu sein, die eigenartig faszinierenden Begleiterscheinungen seines fortschreitenden Alters –, was ihn zum Superstar machte?

Er beendete seine Mahlzeit. »Komm jetzt, Docilia. Ich bin bereit zu gehen«, sagte er, und obwohl die anderen eindeutig lieber noch etwas geblieben wären und sich noch länger unterhalten hätten, stimmten sie alle zu, daß Rafiels Vorschlag eine gute Idee sei. So geschah es immer. Das war eins der Dinge, die Rafiels Leben zu etwas Besonderem machten – eins der guten Dinge. Das ergab sich, wenn man ein Superstar war. Er war daran gewöhnt, daß diese Leute nachsichtig mit ihm umgingen, denn sie brauchten ihn mehr als er sie, obwohl, wie sie alle wußten, sie ewig leben würden und er nicht.

3

In allen Welten ist Rafiels Name bekannt, doch eigentlich ist ›Rafiel‹ nicht sein ganzer Name. Sein vollständiger Name lautet Rafiel Gutmaker-Fensterborn, so wie Docilia mit vollem Namen Docilia Megareth-Morb heißt und Mosay genaugenommen Mosay Koi Mosayus ist. Doch mehr als ›Rafiel‹ braucht er nicht. Grundsätzlich ist das ein Zeichen dafür, daß jemand endlich den Sprung zum bedeutenden Vid-Star geschafft hat. Dann braucht man nicht mehr den vollen Namen, um sich amtlich auszuweisen oder die Post zugestellt zu bekommen. Selbst für ein Mitglied einer Rasse von zehn Milliarden lebender, benannter menschlicher Wesen reicht ein einziger Name vollkommen aus, wenn man diese Art von Starruhm erst einmal erreicht hat.

RAFIELS GEGENWÄRTIGE SCHWIERIGKEIT WAR, daß er sich zufällig nicht bei sich zu Hause befand, wo seine eingegangene Post lag. Statt dessen war er in Docilias Wohnung, die im Bogenbau mehr als fünfzig Stockwerke über der seinen lag. Er hätte wirklich gern gewußt, was für Nachrichten ihn erwarteten.

Andererseits war diese besondere Verzögerung durchaus wert, in Kauf genommen zu werden. Obwohl Rafiel elf Tage lang geschlafen hatte, waren seine Drüsen nicht untätig gewesen. Er war bestens aufgeladen für die Leistungen in Docilias Bett. Er kam in Rekordzeit zum Höhepunkt – beim erstenmal –, wobei Docilia ihn hilfreich auf Trab brachte. Beim zweitenmal war es auch bei ihr soweit. Dann lagen sie gemütlich Rücken an Bauch aneinandergekuschelt, wobei es Rafiel im Halbschlaf immer mal wieder einfiel, ihr den Nacken unter den blonden Haaren zu küssen. Es waren nicht Alegrettas Haare, dachte er, jedoch ohne echten Schmerz (man konnte eigentlich nicht ein ganzes Leben lang wegen einer verlorenen Liebe Schmerzen empfinden, obwohl er manchmal den Eindruck hatte, daß bei ihm nicht viel dazu fehlte); aber es waren hübsche Haare, und es machte immer wieder Spaß, es mit diesem zierlichen, lebhaften kleinen Körper zu treiben. Doch nach einer Weile streckte sie sich, gähnte und verließ ihn, allerdings mit dem Versprechen, bald zurückzukommen, da sie nur eben ihre Anrufe beantworten wollte. Er drehte sich um und genoß den erfreulichen Anblick ihres nackten, jugendlich süßen, sich entfernenden Rückens.

Es war eine Tatsache, wie Rafiel sehr wohl wußte, daß Docilia nicht im eigentlichen Zeitsinn jung war. Was die Dauer ihres bisherigen Lebens betraf, war sie bestimmt um etliches älter als er, wie immer sie auch aussah. Aber man konnte auch nicht einfach außer acht lassen, wie sie aussah, denn so, wie sie aussah, bekam sie auch ihr Publikum zu sehen. Als ihm die Story von *Oedipus Rex* wieder einfiel, stellte er sich die Frage: Würde irgendein Zuschauer auch nur eine Sekunde lang glauben, daß diese mädchenhafte Frau seine Mutter sein könnte?

Es war ein blödsinniger Gedanke. Die Zuschauer würden an solche Dinge keinen Gedanken verschwenden. Wenn es ihnen überhaupt in irgendeiner Weise auffallen würde, dann wäre es für sie ein weiteres Paradoxon, wie sie es so sehr schätzten. Rafiel schob diese Sorge beiseite, und dann, während er so dalag, angenehm entspannt, drang ihm erst die leise flüsternde Musik ins Bewußtsein, die aus Docilias Klangsystem ertönte.

Also war es letztendlich doch ein geschäftliches

Stelldichein gewesen, dachte er nachsichtig. Aber ein erquickendes. Auch wenn sie nicht vergessen hatte, Victoriums Partitur vom ersten Moment an seit ihres Betretens der Wohnung spielen zu lassen, so war es ihr doch ziemlich ernst gewesen mit dem Liebesakt, der für ihn der Grund seines Herkommens gewesen war. Rafiel tat also, was sie von ihm wollte; er lag da und ließ die Musik seinen Ohren die Story vermitteln. Es war keine schlechte Partitur, dachte er in anerkennender Kritik. Der Rhythmus war ihm schon in die Kehle und die Beine gefahren, als Docilia zurückkam.

Sie strahlte. »O Rafiel«, rief sie aus, »sieh dir das an!«

Sie schwenkte ein Tomogramm in der Hand, und als sie es ihm reichte, stellte er mit Erstaunen fest, daß das Bild etwas zeigte, das einem drei Monate alten Fötus glich. Er blinzelte sie überrascht an. »Deins?«

Sie nickte heftig. »Sie haben es gerade vom Babylabor herübergeschickt«, erklärte sie voll freudiger Erregung. »Ist es nicht *très belle?*«

»Aber ja, das ist *molto bene*«, sagte er warmherzig. »Ich wußte gar nicht, daß du überhaupt *enceite* bist. Wer ist der *padre?*«

Sie zuckte auf hübsche Weise die Achseln. »Ach, er heißt Charlus. Ich glaube nicht, daß du ihn kennst, aber er ist wirklich gut, nicht wahr? Ich meine, sieh dir doch bloß mal das herrliche Kind an.«

Nach Rafiels Ansicht konnte ein Fötus des ersten Trimesters auf keinen Fall ›herrlich‹ genannt werden, doch er wußte, was von ihm erwartet wurde, und er hatte keine Lust, ihre Begeisterung zu schmälern.

»Es ist ohne Zweifel ein ungewöhnlich gutaussehender Embryo, *senza dubito*«, erklärte er ernst.

»Seine geraten *immer* hervorragend. Er hat schon

einige der besten Kinder gezeugt, die ich je gesehen habe – gutaussehend, mit seinen dunkelblauen Augen, und, oh, so groß und stark.« Sie zögerte, auf dekorative Art ganz leicht errötend. Dann fuhr sie fort: »Wir werden das *bambino* ein Jahr lang gemeinsam haben«, vertraute sie ihm stolz an. »Als Familie, meine ich. Wenn das Baby geboren ist, werden Charlus und ich uns ein gemeinsames Zuhause einrichten. Findest du nicht, daß das eine wundervolle Idee ist?«

Es gab nur eine einzige mögliche Antwort auf diese Frage. »Natürlich finde ich das«, sagte Rafiel ungeachtet seiner wirklichen Meinung.

Sie gab ihm einen liebevollen Klaps. »Das solltest du auch tun, Rafiel. Mit einer netten *dama* ein Kind machen und das Baby mit ihr gemeinsam aufziehen.«

»Und wann sollte ich dafür die nötige Zeit finden?« fragte er. Aber das war nicht die wahre Antwort. Die wahre Antwort wäre gewesen: ja, nichts würde ihm besser gefallen, vorausgesetzt die richtige Frau würde sich als Ei-Spenderin zur Verfügung stellen … doch die richtige Frau hatte schon vor langer Zeit diese Möglichkeit völlig ausgeschlossen.

Docilia hatte etwas gesagt, das ihm entgangen war. Als er sie bat, es zu wiederholen, sagte sie: »Und es wird mir bei meiner Rolle helfen, nicht wahr?«

Er war verdutzt. »Wie sollte es dir helfen?«

Sie erklärte voller Ungeduld über seine Begriffsstutzigkeit: »Weil Jocasta eine *madre* ist, verstehst du? Das ist doch das Wesentliche an der Geschichte, oder nicht? Jetzt kann ich die Rolle absolut glaubhaft spielen, weil ich ebenfalls eine *madre* sein werde.«

Rafiel sagte voller Ernst: »Du wirst großartig sein.« Und er meinte es so. Er war schon die ganze Zeit über der Ansicht gewesen, daß sie es sein würde.

»Ja, *certo*«, sagte sie gedankenverloren, da sie sich bereits mit etwas anderem beschäftigte. »Ich denke, ich sollte dem *Dad* eine Kopie geben. Er wird ganz aufgeregt sein.«

»Das wäre *ich* auch«, stimmte ihr Rafiel zu. Sie blinzelte und wandte ihre Aufmerksamkeit wieder ihm zu. Sie hob die Bettdecke und spähte nachdenklich darunter.

»Ich glaube«, sagte sie leichthin, »wenn du es nicht sehr eilig hast wegzukommen und wir uns noch ein paar Minuten Zeit lassen …«

»Ich habe es überhaupt nicht eilig«, sagte er, wobei er sie zu sich herabzog und ihr den Rücken auf eine ganz und gar nicht eilige Weise streichelte. »Nun«, sagte er. »Was hast sonst so in letzter Zeit gemacht? Ist dein *Inquisitor* schon angelaufen?«

»Vor drei Tagen«, sagte sie und rieb ihren Fuß an seinem Knöchel. »O Gott, diese Klamotten waren so unheimlich schwer. Und dann die letzte Szene – du hast sie natürlich gesehen, nehme ich an.«

»Wie hätte ich das können?«

»Ach so, nein, natürlich nicht. Aber du solltest es versuchen, *si c'est* possible, weil ich wirklich toll bin in der *auto-da-fé*-Szene.«

»Was für eine Szene?« Rafiel wußte, daß Docilia die Aufnahmen zu irgendeinem Stoff aus der spanischen Inquisition abgeschlossen hatte, mit viel Folterei – Foltergeschichten liefen immer ausgezeichnet in dieser Welt, die so wenig persönliche Erfahrungen mit jedwedem Leiden zu bieten hatte. Aber er hatte tatsächlich überhaupt nichts davon gesehen.

»In der man mich auf dem Scheiterhaufen verbrennt. *Quelle horreur!* Verstehst du, sie haben das Holz ringsherum in einem großen Kreis verstreut und an den Rändern angezündet, während ich in der Mitte an den Pfahl angekettet bin. *Che cosa!* Ich renne von einer Seite zur anderen, versuche dem Feuer zu entfliehen, das in meine Richtung weiterbrennt, und dann fange ich selbst Feuer, *capisce?* Und dann breche ich zusammen und falle in die brennende Holzkohle.«

»Das hört sich großartig an«, sagte Rafiel mit einer Spur von Neid. Vielleicht war für ihn die Zeit gekommen, sich nach dramatischen Rollen umzusehen, anstatt immer nur zu singen und zu tanzen.

»*Ich* war großartig«, sagte sie geistesabwesend, während sie mit der Hand unter die Decke fuhr, um zu prüfen, wie der Stand der Dinge war. Dann wandte sie ihm das Gesicht zu. »Und weißt du was? Auch du wirst ganz schön großartig sein, *galubka*, jetzt gleich ...«

Dreimal war das sowieso das äußerste, was Rafiel von vornherein vorgehabt hatte. Jedenfalls hatte es Docilia jetzt ziemlich eilig damit, das Bild ihres Kindes wegzuschicken. »Du findest allein den Weg hinaus, ja?« fragte sie beim Aufstehen. Dann blieb sie nackt an der Tür ihres Schlafzimmers stehen und sah ihn an.

»Wir werden ganz hervorragend sein in diesem *Oedipus*, Rafiel«, versicherte sie ihm. »Du und ich in den Hauptrollen, und Mosay, der das Ganze in Szene setzt, und dann diese *merveilleuse* Komposition.« Welche immer noch in ständiger Wiederholung aus ihrem Klangsystem ertönte.

Er warf ihr eine Kußhand zu und lachte. »Ich höre ja zu, ich höre zu«, versicherte er ihr. Und er hörte wirklich noch ein paar Minuten lang zu.

Ja, sagte sich Rafiel im stillen, es war wirklich eine gute Musik. *Oedipus* würde eine erfolgreiche Produktion werden, und wenn sie die Proben und die Revision und die Aufführung und die Aufnahmen

hinter sich hätten, dann würde sie über das ganze Sonnensystem ausgestrahlt werden, über die Erde und zum Mond und zu den Kolonien auf dem Mars und Triton und auf einem halben Dutzend anderer Monde und zu allen bewohnten Raumsiedlungen in ihren Umlaufbahnen, wo immer sie sein mochten, und sogar bis zu den weit entfernten Reisenden auf dem Weg zu irgendeinem anderen Planeten – zu allen zehn Millionen Millionen menschlichen Wesen oder zumindest all denen, die Lust dazu hatten, sich so etwas anzusehen. Und es wäre sehr *dauerhaft*. Aufnahmen davon würden Jahrhunderte überleben und von Leuten hervorgekramt und genossen werden, die jetzt noch gar nicht geboren waren, denn alles, in dem Rafiel mitspielte, wurde sofort zu einem Klassiker.

Rafiel erhob sich aus Docilias warmem, nachgiebigem Bett und stellte sich vor ihren Spiegel, um sich selbst einer kritischen Begutachtung zu unterziehen. Alles, was der Spiegel dem Blick darbot, sah ganz passabel aus. Der Bauch war flach, das Kinn kantig, die Augen strahlend – seine Erscheinung war so ansprechend, wie es bei einem gesunden und guterhaltenen Mann mittleren Alters nur der Fall sein konnte, damals in den lange zurückliegenden historischen Zeiten, als sich das mittlere Alter von jedem anderen Alter unterschied. Das verdankte er den periodischen Besuchen im Krankenhaus. Obwohl man ihn nicht unsterblich machen konnte, wie es all die anderen waren, konnte man zumindest *so viel* für sein Aussehen und sein allgemeines Wohlbefinden tun.

Er seufzte und angelte die roten Pantoffeln vom Boden. Während er sie anzog, dachte er: All das konnten sie für ihn tun, aber sie konnten nicht erreichen, daß er ewig leben würde, wie alle anderen.

Das war keine unmittelbare Bedrohung. Rafiel war sehr zuversichtlich, daß er noch eine ganze Zeitlang leben würde – nun, eine beträchtliche Zeit, wenn man sie in Tagen und Sekunden rechnete; vielleicht noch dreißig Jahre oder so. Aber danach würde er nicht mehr unter den Lebenden weilen, und Docilia und Mosay und Victorium – ja, und auch die verlorene Alegretta und alle anderen, die er je gekannt hatte – würden vielleicht hin und wieder die Aufnahme des jetzt neuen *Oedipus Rex* herausholen und sie sich ansehen und zueinander sagen: »Ach, erinnerst du dich an den guten alten Rafiel? Wie nett er war. Schade um ihn.« Doch der gute alte Rafiel wäre dann *tot*.

4

Der Bogenbau, in dem Rafiel lebt und arbeitet, erhebt sich 235 Stockwerke über Zentral-Indiana und hat eine Bevölkerung von 165 000 Leuten. Das ist ungefähr der Durchschnitt. Von außen – abgesehen von der Größe – ähnelt der Bogenbau eher einem Gegenstand, den man vielleicht in einer Küche finden würde, und wirkt kaum wie eine monolithische Massenbehausung. Man könnte auf den Gedanken kommen, daß er einem Gerät gleicht, mit dem man den Saft aus einer Orangenhälfte preßt (na ja, einer Orangenhälfte, die durch Strecken lang und dünn gemacht worden ist), mit seinem sternförmigen Querschnitt und der gerundeten Spitze oben. Die meisten Wohneinheiten befinden sich in den äußeren Rippen des Sterns. Das bietet dem Bewohner einen hübschen Ausblick, sofern er der Typ ist, der tatsächlich auf Zentral-Indiana hinaussehen will. Rafiel gehört nicht dazu. Sobald er es sich leisten konnte, ist er in den teureren Innenwohnbereich umgezogen, von dem aus man auf das belebte Atrium in der Mitte des Bogenbaus hinaussieht, mit all den strahlenden Lichtern und den anmutigen Schlaufen blühender Lianen und den Leuten, die sich überall tummeln – Leute auf den Stegen, Leute auf ihren eigenen Balkonen, auch wenn sie winzig sind, Leute in der Ferne, die sich auf der Grundebene fast zweihundert Stockwerke tiefer bewegen. All das zu sehen bedeutet, das Leben *zu sehen. Was kann man von den äußeren Apartments aus sehen? Nur landwirtschaftliche Flächen und die strahlenförmig verlaufenden Rinnen der Magmaschicht-Bahn, unterbrochen durch die sich bis zum Horizont erstreckende Reihe von anderen Bogenbauten, die aus der Ebene aufragen wie die Stoppeln des Bartes eines Riesenungeheuers.*

TROTZ ALLER BETEUERUNGEN von seiten Rafiels, daß er sich bestens in Form fühlte, bestand Docilia darauf, sich anzuziehen und ihn zu sich nach Hause zu begleiten. Sie plapperte während des ganzen Weges. »Also, diese Stadt, die du gerettet hast – *si chiama* Theben –«, erklärte sie ihm, als sie zum Aufzug kamen, »war in einem unmöglichen Zustand, bevor du hinkamst. Bevor Ödipus hinkam, meine ich. Dieses Sphinx-Wesen verbreitete nichts als *horror*. Es trieb alle möglichen Scheußlichkeiten – ich erinnere nicht mehr genau, was –, wie zum Beispiel Leute umbringen, ihnen das Essen stehlen und so Sachen. Glaube ich. Jedenfalls wartete die ganze Stadt verzweifelt auf Hilfe, und dann kamst du daher, um sie zu retten.«

»Und ich habe die Sphinx getötet, und aus lauter Dankbarkeit machten sie mich zum *roi de* Theben?«

»*Certo!* Na ja, fast. Verstehst du, du brauchst sie nicht zu töten, nicht richtig. Es gibt da dieses Rätsel, mit dem niemand etwas anfangen kann. Du brauchst bloß dieses Rätsel zu lösen, und schon geht sie, glaube ich, *kaputt*. Dann bist du also ihr Held, Ödipus, aber sie machen dich nicht direkt zum König. Der wirst du dadurch, daß du die Königin heiratest. Das bin ich, Jocasta. Ich bin nur eine *pauvre petite* Witwe des toten alten Königs, aber sobald du mich heiratest, wirst du *capo de tutti capi*. Ich bin immer noch die Königin, und ich habe einen Bruder, der auch so eine Art König ist. Aber der Boss bist du.« Der Aufzug hielt an, und sie blinzelte leicht überrascht. »Oh, *siamo qui*«, verkündete sie und verließ als erste die Kabine.

Rafiel hielt sie auf, indem er ihr eine Hand auf die Schulter legte. »Ich finde von hier aus allein nach Hause. Du hättest mich überhaupt nicht zu begleiten brauchen, *capito?*«

»Ich wollte aber, *piccino*. Ich dachte, du bist vielleicht ein bißchen – na ja, wackelig auf den Beinen.«

»Ich bin ein bißchen wackelig, stimmt schon«, sagte er grinsend, *»mais pas* weil ich im Krankenhaus war.« Er küßte sie und drehte sie dann mit dem Gesicht zum Aufzug. Bevor er sie wegschickte, fragte er noch: »Ach, hör mal. Wie lautet dieses Rätsel der Sphinx, das ich lösen soll?«

Sie warf ihm ein entschuldigendes Lächeln über die Schulter zu. »Es ist etwas ziemlich Blödes. ›Was bewegt sich zuerst auf vier Beinen, dann auf zweien und zuletzt auf drei Beinen und ist am stärksten, solang es auf zweien läuft?‹ Kannst du es dir vorstellen?«

Er sah sie an. »Willst du damit sagen, du kennst die Antwort darauf nicht?«

»Doch, doch, ich kenne die Antwort, Rafiel. Mosay hat mir gesagt, was es ist. Es ist ...«

»Ach geh, Cele«, sagte er mißmutig. *»Bye bye.* Die Lösung dieses Rätsels heißt ›der Mensch‹, aber ich verstehe nicht, warum es für jemanden wie dich schwierig sein sollte, darauf zu kommen.«

Natürlich weil, dachte er, als er in die Eingangshalle seiner Wohneinheit trat, niemand von diesen ewig Jungen jemals die Erfahrung der Lebensphase eines Tattergreises mit Stock machen würde.

»Willkommen zu Haus, Rafiel«, rief jemand, und jetzt erst sah Rafiel, daß die Eingangshalle voller Reporter war. Sie umschwirrten ihn einigermaßen verstört und ein wenig verärgert, weil sie ihn am Krankenhaus verpaßt hatten; dennoch hatten sie das Warten aufgrund einer verzeihlichen Laune eines Superstars geduldig auf sich genommen.

Es war eine der Gegebenheiten, mit denen sich auch Rafiel selbst hatte abfinden müssen, schon vor langer Zeit. Es war ausgesprochen lästig. Andererseits, um ehrlich zu sein, erforderte es keine allzugroße Mühe, sich damit abzufinden. Wenn die

Klatschreporter einem auflauerten, bewies das nur, daß man berühmt war, und es war immer wieder schön, einen Beweis dafür zu bekommen. Er schenkte ihnen ein Lächeln für die Kameras und gab eine kurze, schnelle Step-Folge zum besten; es war eine Nummer aus einem seiner größten Erfolge, dem Stück *Hier ist Hamlet!*, das zwei Jahre zuvor gelaufen war. »Ja«, sagte er und beantwortete damit all ihre Fragen auf einmal. »Ich bin aus dem Krankenhaus entlassen. Ich bin wieder voll in Form, und ich bin ganz wild darauf, in der neuen Show zu tanzen, die Mosay für mich vorbereitet, *Oedipus Rex*.« Er setzte den Weg zur Tür seiner Wohnung fort. Eine Frau stellte sich ihm in den Weg.

»Raysia«, stellte sie sich vor, als ob auch in ihrem Fall ein einziger Name genügte. »Ich bin wegen des Interviews gekommen.«

Er blieb wie angewurzelt stehen. Dann erkannte er ihr Gesicht. Ja, ein einziger Name genügte in der Tat für eine Top-Reporterin mit einer eigenen Presseagentur. »Raysia, meine Liebe! *Cosi bella*, dich hier zu sehen – aber von was für einem Interview sprichst du?«

»Dein Dramaturg hat den Termin letzte Woche ausgemacht«, erklärte sie. Und natürlich, wenn das so war, dann gab es für Rafiel nichts anderes, als die Sache hinter sich zu bringen und sich im Geist eine Notiz zu machen, bei der erstbesten Gelegenheit Mosay zur Rede zu stellen und ihm Vorhaltungen zu machen, weil er ihm nichts davon gesagt hatte.

Aber ein Interview zu geben, bereitete schließlich keine Schwierigkeit, nicht bei der Routine, die Rafiel darin hatte. Er versorgte die Frau mit einem Drink und einem bequemen Sessel und nahm selbst seinen Platz an der Balettstange in seinem Übungsraum ein – er arbeitete immer gern nebenher, wenn er ein

Interview gab, damit man nicht vergaß, daß er Tänzer war. Zunächst jedoch hatte er seinerseits eine Frage. Er wäre vielleicht nicht darauf gekommen, wenn Docilia nicht in ihm die Erinnerung an die verlorene Alegretta geweckt hätte, aber jetzt mußte er danach fragen. Er nahm behutsam die erste Position an der Stange ein und schwenkte einen Arm anmutig nach oben, während er fragte: »Reicht der Wirkungsbereich Ihrer Agentur bis zum Mars?«

»Selbstverständlich. Ich bin in *toutes les biosphères* vertreten«, sagte sie stolz. »Nicht nur auf dem Mars, sondern auf dem Merkur und den Monden und in fast jedem Orbiter. Wie natürlich auch auf dem ganzen Planeten Erde.«

»Das ist ja wundervoll«, sagte er in der Absicht, ihr zu schmeicheln und möglichst so zu klingen, als ob er so etwas noch nie erlebt hätte. Langsam, mit Bedacht, arbeitete er an der Stange, die Hände stets in anmutigen Bewegungen, die Beine bis zum äußersten gestreckt, während die Kamera ihm automatisch folgte und er ihre Fragen beantwortete. Ja, es ging ihm gut. Ja, sie würden sofort mit der Produktion für den neuen *Oedipus* beginnen – ja, er hatte die Partitur gehört, und ja, er fand sie wundervoll. »Und der Dramatiker, der das Stück geschrieben hat, ist der größte, der je gelebt hat. Der wundervolle alte Sophokles, zweitausend und fast siebenhundert Jahre alt, und das Stück ist heute noch so aktuell wie nur irgendeins.«

Sie sah ihn an, und aus ihrem Blick sprach eine Spur von Bewunderung für einen Schauspieler, der seine Hausaufgaben gemacht hatte. »Haben Sie es gelesen?«

Soviel Hausaufgaben hatte er nun auch wieder nicht gemacht, obwohl er wirklich die Absicht hatte. »Nun, nicht im Original«, gab er zu, da die Nichtwahrheit besser war als eine Lüge.

»Ich schon«, sagte sie nebenbei, während sie über ihre nächste Frage nachdachte – auch sie war etwas aus der Fassung gebracht. Rafiel drehte sich an der Stange um, um eine Weile am rechten Bein zu arbeiten. Und um das plötzliche vertraute Auflodern von Haß zu verbergen.

»Vous êtes terrible«, schmunzelte er und erlaubte sich lediglich eine trübselige Heiterkeit. »Sie alle. Sie *wissen* so viel!« Denn das traf für alle zu, und wie ungerecht das war. Das mußte man sich mal vorstellen! Dieses Kind – diese uralte Zwanzigjährige – las ein griechisches Drama im Original, und nicht nur in griechisch, dachte er zornig, sondern in jedem auch noch so derben Dialekt, der vor fast dreitausend Jahren gesprochen worden sein mochte.

»*Mais pourquoi non?* Wir haben Zeit«, sagte sie und kam zu ihrer Frage. »Welches Gefühl haben Sie hinsichtlich des Endes des Stückes?« wollte sie wissen.

»Wo sich Ödipus selbst blendet, meinen Sie?« tastete er sich versuchsweise vor und gab sich alle Mühe, sich zu erinnern, was ihm über die Story erzählt worden war. »Ja, das ist ganz schön blutrünstig, nicht wahr? Sich selbst die Augen auszustechen, das ist eine sehr gewaltige …«

Sie schüttelte den Kopf. »Nein, *pas de tout,* ich spreche nicht von der Blendungs-Szene. Ich meine den allerletzten Schluß, wo der Chor sagt« – ihre Stimme veränderte sich, als sie zitierte:

> Was beweist der stolze Ödipus?
> Daß keinem Sterblichen hinieden
> wahre Glückseligkeit beschieden,
> bevor er schließlich sterben muß.
> Er leidet bis zum letzten Frieden,
> im Tod ist mit den Qualen Schluß.

Sie verstummte und fixierte ihn mit einem Auge, während die Kamera ganz dicht heranfuhr, um auch die geringste Nuance in seinem Gesichtsausdruck einzufangen. »Ich bin keine besonders gute Übersetzerin«, entschuldigte sie sich, »aber entspricht das ihrem Gefühl, Rafiel? Ich meine, als Sterblicher?«

Schauspieler bekommen im Laufe der Zeit Übung darin, auf derartige Situationen zu reagieren – wenn zum Beispiel ein Schauspieler-Kollege seinen Text vergessen hat oder wenn im Publikum Unruhe entsteht – wenn irgend etwas *schiefläuft* und alle Augen auf einen gerichtet sind und man damit irgendwie umgehen muß. Er ging damit um. Er bedachte sie mit einem nüchternen Lächeln und öffnete den Mund. »*Hai*, das stimmt in gewisser Weise«, hörte er seinen Mund sagen. »*N'est ce pas?* Ich meine, nicht nur für mich, sondern, *credo*, für uns alle. Es ist gleichgültig, wie lange wir leben, immer steht diese letzte Frage am Ende, das wir ›Tod‹ nennen, und wir alle müssen ihm mit Mut entgegentreten. Und das ist die Lektion dieser Story, glaube ich: Mut! Sich mit allen Schmerzen und Ängsten auseinandersetzen und trotzdem bis zum Schluß weitermachen!«

Das war nicht besonders gut, dachte er, aber es reichte. Raysia schaltete die Kamera aus, dankte ihm, bat um ein Autogramm und ging; als die Tür hinter ihr ins Schloß gefallen war, war Rafiel auch schon mit grimmigem Gesicht am Telefon.

Aber Mosay ging nicht dran, er wollte offenbar nicht erreichbar sein. Rafiel hinterließ ihm eine bissige Nachricht und setzte sich mit einem Drink in der Hand hin, um seine Post durchzusehen. Er war ziemlich mies gelaunt. Hastig durchwühlte er die leichteren Sachen – Bitten um Autogramme, Bitten um ein persönliches Erscheinen, Bitten um Interviews. Mit den meisten brauchte er sich nicht selbst zu befassen; er sandte sie an Mosays Büro weiter, dort würde man darauf eingehen.

Ein paar Zeilen von einer Frau namens Hillaree konnten nicht auf diese Weise erledigt werden. Sie war selbst Dramaturgin – hatte er je von ihr gehört? Er war sich nicht sicher; es gab Tausende davon, wenn auch nur wenige so gefeierte wie Mosay. Immerhin hatte sie Rafiel einen Vorschlag zu unterbreiten. Sie wollte mit ihm über ein ›wundervolles‹ (so schrieb sie) neues Manuskript sprechen. Die Handlung spielte auf einer der umlaufenden bewohnten Raumsiedlungen, einem Ort mit dem Namen *Hakluyt*, und sie war, so schrieb sie, überzeugt davon, daß Rafiel sich bestimmt dafür entscheiden würde, wenn er nur erst das Manuskript läse.

Rafiel dachte einen Moment lang nach. Er war überhaupt nicht überzeugt davon. Doch nach einigem Überlegen kopierte er das Manuskript, um es abzulegen, ohne es angesehen zu haben. Vielleicht würde er es irgendwann einmal lesen, vielleicht auch nicht, aber er konnte sich vorstellen, daß es bei einem zukünftigen Gespräch mit Mosay durchaus nützlich sein könnte, wenn er dieses Angebot beiläufig erwähnte.

Er sandte eine kurze Nachricht an diese Hillaree, um ihr zu empfehlen, sich an seine Agentin zu wenden, doch dann hielt er ärgerlich die Schrift an. Er war nicht bei der Sache. Raysias Interview hatte ihn geärgert. ›Wir haben Zeit‹ – in der Tat! Natürlich hatten sie Zeit. Sie hatten endlos Zeit, Zeit, um eine tote Sprache zu lernen, nur so aus Spaß an der Sache, so wie Rafiel vielleicht einen Nachmittag damit vergeuden mochte, das Kegeln oder Paragliden am Strand zu lernen. Sie *alle* hatten Zeit – alle bis auf Rafiel und eine Handvoll anderer Unseliger, die sein Schicksal teilten – und das war einfach nicht gerecht!

Rafiel kam nicht zu Bewußtsein, daß er in den neun Jahrzehnten seit seiner Geburt bereits ein längeres Leben gehabt hatte als die meisten anderen vor ihm in der langen Geschichte der menschlichen Rasse. Das zählte nicht. Wieviel Zeit er auch haben mochte, jeder um ihn herum hatte viel *mehr*.

Dennoch, in seinem neunzigjährigen Leben hatte Rafiel eine ganze Menge gelernt – auch Schauspieler konnten durchaus noch andere Dinge lernen als ihre Texte, wenn sie ausreichend Zeit dafür zur Verfügung hatten. Er hatte gelernt, sich mit der Tatsache abzufinden, daß er sterben würde, während alle anderen, die er kannte, nach ihm weiterlebten. Er hatte sogar gelernt, warum das so war.

Das Ganze lag daran, daß der Darwinsche Evolutionsprozeß Mängel aufwies.

In gewisser Weise war die Darwinsche Evolution eine der erfreulichsten Angelegenheiten, die dem Leben auf der Erde jemals widerfahren waren. Bei der Wahl wünschenswerter Eigenschaften zur Vererbung an die Nachfahren – das berühmte ›Überleben der Tüchtigsten‹ – wurde die Tugend belohnt. Eigenschaften, die sich auf den Organismus positiv auswirkten, wurden weitervererbt, denn bei jenen Geschöpfen, die sie besaßen, war die Wahrscheinlichkeit der Fortpflanzung viel größer als bei den anderen.

Im Laufe der Milliarden Jahre hatte dieser Prozeß so hübsche Dinge hervorgebracht – ausgehend von den wenigversprechenden einzelligen Geschöpfen, mit denen alles anfing – wie zum Beispiel Augen und After und die Widerstandskraft gegen Krankheiten, die andere Organismen einem aufbürden wollen, und letztendlich sogar die Intelligenz. Das war die beste Entwicklung gemäß der ziemlich engstirnigen kollektiven Einschätzung der intelligenten menschlichen Rasse. Es hatte sich herausgestellt, daß die Klugen evolutionär in der Überzahl waren, deshalb tummelten sich jetzt ringsum zehn Milliarden Wesen, und die wenigsten davon waren so etwas wie ein Blauwal, ein Gebirgsgorilla oder ein Elefant.

Aber ganz sicher stimmte etwas nicht an der Art und Weise, wie der Prozeß vonstatten ging. Vom Standpunkt des individuellen Organismus aus bewirkt die Evolution überhaupt nichts. Ihre Wohltaten mochten der *nächsten* Generation zugute kommen, aber sie bringt dem Organismus, den sie so eifrig auserwählt, nicht das winzigste bißchen – außer daß es die Schwächeren ermutigt zu sterben, bevor sie dazu kommen, sich fortzupflanzen.

Das bedeutet, daß einige sehr wünschenswerten Eigenschaften, auf die jedes menschliche Wesen scharf wäre – zum Beispiel Abwehrkräfte gegen Osteoporose oder ein faltenloses Gesicht – in der Darwinschen Lotterie nicht ausgelost werden. Unbegrenzte Lebensdauer gehört nicht zur Überlebensstruktur. Nachdem eine Person (oder irgendeine Spezies von Tier) seine Babies produziert hat, kommt der Prozeß von selbst zum Erliegen. Alles, was dem Organismus an Gutem widerfährt, nachdem seine Jahre der Fortpflanzung vergangen sind, beruht auf reinem Zufall. Wie erfreulich eine neuerlangte Eigenschaft auch sein mag, sie wird nicht weitergegeben. Wenn ein Individuum erst einmal das Alter des Jungekriegens überschritten hatte, verlieren die Darwinschen Punktezähler das Interesse an ihm.

Das verhinderte jedoch nicht, daß solche erfreulichen Eigenschaften zum Ausbruch kamen. Millionen Male fanden Mutationen statt, die – wenn sie vererbt würden – die glücklichen Erben in den nachfolgenden Generationen für eine unbegrenzte Dauer in bester Verfassung erhalten würden, indem sie – sagen wir mal – so unangenehme Alterserscheinungen abwenden würde wie Taubheit mit sechzig, Inkontinenz mit achtzig und geistige Umnachtung im Alter von hundert. Doch solche Gene kamen und gingen und waren verloren. Da sie nichts mit der Fortpflanzungsleistung zu tun hatten, blieben sie nicht erhalten. Es gab kein Schlupfloch im Ausleseprinzip, nachdem die letzten Babies geboren waren.

Langlebigkeit war also eine Do-it-yourself-Branche. Von Darwin konnte man keine Hilfe erwarten. Aber …

Aber nachdem die Molekularbiologie sich erst einmal den Durchbruch verschafft hatte, gab es so manches, das getan werden *konnte.* Und getan wurde. Für den größten Teil der menschlichen Bevölkerung. Aber hin und wieder entstanden ein paar fehlerhafte Exemplare, die der Wunder der modernen lebensverlängernden Wissenschaft nicht teilhaftig wurden, weil irgendwelche unaufspürbaren und unheilbaren Verschrobenheiten in ihrem System die notwendige Behandlung zurückwiesen …

Wie im Falle Rafiels. Der weiterhin – ohne eigentlich etwas davon in sich aufzunehmen – die Reihe von belanglosen Nachrichten – Verehrerpost, Anfragen, ob er nicht bei irgendeiner Wohltätigkeitsveranstaltung an irgendeinem unmöglichen Ort auftreten würde, Bankauszüge, Rechnungen – abspulen ließ, die während seiner Abwesenheit eingegangen waren. Und dann schaltete er, immer noch mißmutig, seine Kommunikationsprogramme aus und drehte den Unterhaltungsbildschirm auf Null und stellte sogar alle Musik ab, während er aus Gewohnheit und Notwendigkeit in der Einsamkeit seiner Wohnung seine Sprünge und *Entrechats* übte und sich verbittert fragte, welchen Sinn es hatte, überhaupt ein Leben zu haben, wenn man wußte, daß es früher oder später *zu Ende* wäre.

5

Immer noch sterben Leute von Zeit zu Zeit. Es sind nicht nur die Unglücklichen wie Rafiel, bei denen das der Fall ist, obwohl das natürlich die sind, für die es unvermeidlich ist. Selbst normale *Leute sterben manchmal. Sie sterben aufgrund von Unfällen, Selbstmord, Mord, manchmal an einer früheren unerkannten Krankheit oder gar einem ärztlichen Fehler, die ihr System zum Zusammenbruch bringen. Bei den* normalen *Leuten kommt das einfach nicht* oft *vor. Normale Leute können erwarten, ein normal verlängertes Leben zu leben. Wie lange so ein Leben dauert, das man üblicherweise erwarten darf, ist schwer zu sagen, denn selbst die ältesten Leute in der Gegend sind nicht viel mehr als zweihundert Jahre alt (so lange ist es her, seit die Methode zum erstenmal angewandt wurde), und bis jetzt zeigen sie noch keinerlei Anzeichen des Alterns. Und da diese Leute immer wieder neue Nachfahren zur Welt bringen, hat die Langlebigkeit zu einer noch nie dagewesenen Bevölkerungsexplosion geführt. Die Gesamtzahl aller lebenden menschlichen Wesen beläuft sich derzeit auf etwas über zehn Milliarden – das ist eine Eins mit dreizehn Nullen dahinter – , was weit mehr ist als die Gesamtzahl aller früheren Mitglieder der Spezies* Homo *sämtlicher Generationen, seit der erste Neandertaler auftrat. Inzwischen waren die Lebenden zahlreicher als die Toten.*

ALS RAFIEL AM NÄCHSTEN MORGEN erwachte, stellte er fest, daß seine gute Laune allmählich zurückkehrte. Zum Teil lag das an den nachwirkenden Fetzen seines letzten Designertraums – Alegretta war darin vorgekommen, wie bestellt, und diese verlorene und vergötterte Liebe seines Lebens war nie begehrenswerter und begehrender gewesen, auf ganz spezielle Weise, denn das war die Art von Traum, die er sich ausgesucht hatte. Also wachte er in einem Dunst zärtlicher Erinnerung auf. Auch die unvermeidlich Sterblichen konnten schließlich nicht ständig über ihr herannahendes Dahinscheiden grübeln, und Rafiel war von Natur aus ein fröhlicher Mensch.

Das morgendliche Aufstehen aus dem Bett war ohnehin ein fröhliches Ereignis, denn er war umgeben von vielen, vielen Dingen, über die er fröhlich sein mußte. Während er das frühstückte, was die Dienermaschine ihm beschert hatte, schaltete er die Vid-Kiste ein und sah sich ein halbes Dutzend Bänder von sich selbst an, die einige Höhepunkte seiner Karriere zeigten. Er war, wie er feststellte, ganz schön gut. In der Schaukiste sang eine Miniaturausgabe von ihm Liebeslieder und fetzige Mitklatsch-Nummern und sogar Arien, und sein Tanz – na ja, hin und wieder war er etwas zitterig, gestand er sich ein, aber er hatte *Style* – war eine Augenweide. Sogar für die Person, die selbst die ausführende war, die jedoch, wenn sie in die Kiste blickte, den Menschen im Bild als eine getrennte und – ja wirklich – sehr begabte Wesenheit betrachte.

Fröhlich begab sich Rafiel an seine Stange, um mit seinen morgendlichen Aufwärmübungen zu beginnen. Er ging die Sache behutsam an, denn er verdaute immer noch das Frühstück. Es drängte ihn ja auch nichts. Der Aufruf zur Probe würde erst in einer Stunde erfolgen, und ihm war zu seiner großen Zufriedenheit bewußt, daß die Person, die er im Vid gesehen hatte, ein *Star* war.

In einer Welt, in der die Lebenden zahlreicher waren als die Toten, war Platz etwas Wertvolles. Andererseits war auch Rafiel etwas Wertvolles, und Stars mußten verwöhnt werden. Mosay hatte einen Proberaum von der Größe eines Tennisplatzes für Rafiels persönliche Nutzung erworben. Der Saal lag weit oben im Bogenbau, und es war nicht einfach nur ein großer Raum. Es war zudem auch ein sehr gut ausgestatteter. Er hatte kahle Wände in Pastellblau, das sich durch die Berührung eines Schalters in jede andere Farbe verwandeln ließ, die Rafiel wünschte, einen auf Hochglanz polierten Boden aus echtem Hartholz, auf dem seine Stepschritte scharf klackten, und natürlich eine vollkommene Klang- und Lichtprojektion. Mosay, der mit viel Getue um das Wohl seines Stars besorgt war, berührte eine Taste, und die gehorsamen Projektoren verwandelten die nackten Wände in einen glitzernden Thronsaal.

»Ich fürchte, das ist nicht ganz das richtige Zeitalter«, entschuldigte sich Mosay und blickte sich voller Mißvergnügen im Palast von Versailles um. »Es gibt keinen *roi soleil* in Theben, aber ich möchte, daß du allgemein ein Gefühl fürs Königsein bekommst, *sapete?* Wir haben die Programme für die Theben-Simulation noch nicht. Ehrlich gesagt, ich weiß gar nicht, ob wir so etwas überhaupt bekommen werden, denn soweit meine Recherche-Abteilung herausfinden konnte, hatten die Thebaner sowieso keine richtigen Thronsäle.«

»Macht nichts«, sagte Rafiel geistesabwesend, während er in seine Stepschuhe schlüpfte.

»Mir macht es schon was! Du weißt doch, wie sehr ich um Authentizität bemüht bin.«

Als Mosey sah, was Rafiel vorhatte, drehte er sich schnell um, um erneut die Kontrolltasten zu bedienen. Victoriums Ouvertüre ertönte aus dem verborgenen Klangsystem. »*C'est beau, le son?* Bis jetzt ist es nur ein Synthesizer-Arrangement.«

»Es ist okay«, sagte Rafiel.

»Bist du sicher? Na ja, *bon*. Also, *please*, möchtest du darüber nachdenken, wie du die erste große Szene angehen wirst? Das ist die, in der du mit der ganzen Stadtbevölkerung auf der Bühne bist. Sie werden der Chor sein. Du wartest darauf zu vernehmen, welche Neuigkeiten dein Schwager, Kreon, vom Orakel in Delphi mitgebracht hat; er hat sich dorthin begeben, um herauszufinden, was du tun mußt, um die Dinge in Theben in Ordnung zu bringen…«

»Ich habe das Manuskript natürlich gelesen«, sagte Rafiel, der es tatsächlich während des Frühstücks bis zu Ende hatte abspulen lassen.

»Natürlich hast du das«, sagte Mosay leicht beleidigt. »Dann werde ich dich jetzt also allein lassen, damit du an der Szene arbeiten kannst, ist das in deinem Sinn? Denn morgen will ich mir verschiedene mögliche Orte für Außenaufnahmen ansehen, deshalb muß ich heute noch tausend Sachen erledigen.«

»Geh und erledige sie«, legte Rafiel ihm nahe. Als der Dramaturg weg war, hob Rafiel die Stimme und befahl: »Textanzeige, ersten Szene, von Anfang an. Mit Musik.«

Sofort ertönten die Klänge wieder, und die Zeilen der Textanzeige erschienen. Die Worte liefen über den oberen Teil der Wände, an allen vier Wänden gleichzeitig, so daß Rafiel, wie er sich auch immer drehte, sie sehen konnte. An dieser Stelle wollte er nicht tanzen, dachte er. Vielleicht nur hin und her spazieren – ja, ihm fiel ein, daß die Gestalt gehbehindert war… ja, und ein König noch dazu… Er begann, die Handlung pantomimisch umzusetzen und flüsterte die Worte seiner Rolle:

CHOR: Ecco Kreon, mit Lorbeeren gekrönt.

»Er wird sagen«, setzte Rafiel ein, als er an der Reihe war, »daß es unsere Moral ist, die zu wünschen übrig läßt.«

[CREON *tritt ein.*]
CREON: *D'accord.* Doch ich muß dir sagen:
nicht ich bin es, der spricht.
Es ist Apollo, er antwortet auf deine Fragen.

An dieser Stelle hielte Rafiel mit seinem Auf- und Abwandern inne und dachte einen Moment lang nach. Er hatte einige Zweifel. Wie gut würde dieser abergläubische Hokuspokus funktionieren? Man konnte von einem modernen Publikum nicht erwarten, daß es irgendeinen Mumpitz von einem Priester ernst nahm. Andererseits, und das war ebensowenig von der Hand zu weisen, war Ödipus keine moderne Gestalt. Ob *er* es wohl ernst nahm? Ja, entschied Rafiel, sonst ergäbe die ganze Story von vornherein keinen Sinn. In seiner Rolle als Ödipus konnte er also allenfalls eine kleine duldsame Verärgerung über die ewige Nörgelei des Orakels zeigen. Er ließ die Begleitmusik noch einmal von vorn spielen und mimte bei Kreons Worten belustigte Nachsicht, indem er den Kopf abwandte ...

Und sein Blick fiel auf einen Eindringling, der seine Probe von der Tür aus beobachtete.

Es war ein schmächtiger, ungepflegt aussehender junger Mann in einem lavendelfarbenen knielangen Rock. Er war ganz bestimmt niemand, den Rafiel schon mal als Mitglied von Mosays Truppe gesehen hatte, und deshalb niemand, der das Recht hatte, hier zu sein. Rafiel warf ihm einen kalten Blick zu und beschloß, ihn nicht zu beachten.

Er merkte, daß er ein paar Zeilen von Kreons Text

verpaßt hatte und daß er bereits wieder mit seiner Antwort dran war. Er sang:

ÖDIPUS: Wir würden diesen ganzen Heckmeck klären,
wenn ihr uns sagtet, wo denn die Probleme wären.

Doch seine Konzentration war dahin. Er klatschte in die Hände, um die Musik anzuhalten, und drehte sich mit finsterem Gesicht zu dem Eindringling um.

Dieser kam auf ihn zu und sagte ernst: »Ich hoffe, ich störe nicht. Aber an dieser Textstelle …«

Rafiel hielt die Hand Schweigen gebietend hoch. »Wer sind Sie?«

»Oh, Entschuldigung. Ich bin Charlus, der Choreograph. Mosay sagte …«

»Ich mache meine Choreographie selbst!«

»Natürlich machst du das, Rafiel«, sagte der Mann beschwichtigend. »Du bist *Rafiel*. Ich hätte nicht Choreograph sagen dürfen, denn Mosay hat mich lediglich gebeten, dein Assistent zu sein. Erinnerst du dich nicht an mich? Aus der Zeit, als du in *Mars, o mein Mars* gespielt hast; das muß vor zwanzig Jahren gewesen sein. Ich habe damals die Leute für den Chor ausgesucht.«

Nun wußte Rafiel tatsächlich, wen er vor sich hatte, aber nicht, weil er sich an ihre Zusammenarbeit vor zwanzig Jahren erinnerte. »Du bist der Erzeuger von Docilias Kleinem.«

Charlus machte ein stolzes Gesicht. »Dann hat sie es dir also erzählt, ja? *Evvero.* Wir sind ja beide so glücklich – aber hör mal, *maestro,* darf ich dir einen Vorschlag machen zu dieser Heckmeck-Stelle. Angenommen …«

Und der Mann wurde auf der Stelle zu Ödipus,

indem er gleichzeitig eine unflätige Bewegung und eine höfliche Verbeugung vollführte und schließlich auf einem Knie landete.

Rafiel spitzte die Lippen und dachte nach. Der Schritt war nicht schlecht. Nein, gab er gerechterweise zu, er war mehr. Er war nicht nur nicht schlecht, es war ein typischer *Rafiel*-Schritt, mit einer kleinen Andeutung des bekannten Rafiel-Taumelns, während das rechte Knie auf den Boden plumpste.

Er hatte sich entschieden. »*Freundschaft*«, sagte er. »Normalerweise arbeite ich mit niemandem zusammen, aber ich bin bereit, es auf einen Versuch ankommen zu lassen.«

»*Spasibo*, Rafiel«, sagte der Mann bescheiden.

»*De nada*. Hast du irgendwelche Ideen zur nächsten Zeile?«

Charlus sah verlegen aus. »*Hai*, sicher, aber *est-ce* möglich, noch mal ein bißchen zurückzugehen, bis zu der Stelle, wo du hereinkommst?«

»Zu meinem ersten Auftreten, ganz am Anfang der Szene?«

Charlus nickte eifrig. »Genau dort. *Penses-tu*, wir könnten etwas richtig Machoartiges versuchen? Schließlich bist du König – und du könntest auftreten wie ...«

Er drehte sich um und wiederholte Ödipus' Eintritt in den Saal, aber langsam, l-a-n-g-s-a-m, mit schaukelndem Kopf und einem feierlichen Stolzieren, bei dem er die Beine sehr hoch warf, sowie einer Kehrtwende, bevor er wieder gemessen aufs Knie sank. Es war der gleiche Abschluß wie bei der Schrittfolge vorhin, aber es lagen Welten an Bedeutung und Stil dazwischen.

Rafiel schürzte die Lippen. »Es gefällt mir«, sagte er, in tiefes Nachdenken versunken. »Aber glaubst du wirklich, daß es – nun, nach Theben aussieht? Ich würde eher sagen, *peut-être* grundsätzlich asiatisch – vielleicht Thai?«

Charlus sah ihn mit neuer Hochachtung an. »Das kommt der Sache sehr nahe. Es ist *meno o mino*, die *patjak-kulu*-Bewegung aus Java. Werde ich dir zu geschmäcklerisch?«

Rafiel räumte ein: »Na ja, ich bin schließlich selbst auch ziemlich geschmäcklerisch.«

»Ich weiß«, sagte Charlus lächelnd.

Während Charlus den trippelnden kleinen *gedruk* Schritt vorführte, der seiner Meinung nach zu Jocasta paßte, sah Mosay herein und zog fragend die Augenbrauen hoch.

Charlus reagierte feinfühlig. »Ich muß mal einen kleinen Ausflug zum *benjo* machen«, sagte er, und Rafiel beantwortete die unausgesprochene Frage, sobald der Choreograph weg war.

»Ob es mir etwas ausmacht, daß er mir hilft? Nein, es macht mir nichts aus, Mosay. Er selbst ist kein Darsteller, aber als Choreograph, *hai*, ist er *gut*.« Rafiel wollte nicht ungerecht sein. Der Mann war nicht nur gut, er sprudelte nur so vor Ideen. Und was noch besser war, es war offenkundig, daß er jede Show gesehen hatte, die Rafiel je gemacht hatte, und Rafiels Stil besser kannte als Rafiel selbst.

»Bene, bene«, sagte Mosay mit geistesabwesender Zufriedenheit. »Wenn man die besten Leute beschäftigt, bekommt man die besten Ergebnisse. Oh, und *senti*, Rafiel« – fiel ihm noch ein, während er bereits zur Tür ging – »diese Post von dir, die du an mein Büro zur Erledigung geschickt hast – ein Teil davon war sehr persönlich, also habe ich sie an dein Gerät zurückgeleitet. Du wirst sie bei dir vorfinden. *Continuez, mes enfants.*« Ein Klaps auf den Kopf des zurückkehrenden Charlus, und der Dra-

maturg war wieder verschwunden. Sie fingen von neuem an.

Es war schwere Arbeit, gute Arbeit, und Rafiel war glücklich darüber, wie alles lief, aber es war auch viel Arbeit; sie unterbrachen sie nur eben, um ein paar Sandwiches zu essen, und selbst währenddessen, obwohl sie nicht direkt tanzten, arbeiteten Rafiel und Charlus am Gestaltungsbildschirm, wo sie computererzeugte Gliederpuppen bewegten, um die Schritte und Gruppierungen für die einzelnen Tanznummern der Show auszuprobieren. Rafiel stand von Zeit zu Zeit auf und versuchte einen Schritt, und Charlus deutete mit einer Armbewegung oder einem Kopfnicken an, daß eine Stelle als erledigt betrachtet werden konnte.

Gegen Spätnachmittag merkte Rafiel, daß Charlus müde wurde, doch er selbst war noch voller Kraft. Er hatte seinen Krankenhausaufenthalt ganz vergessen, und allmählich fiel ihm wieder ein, wie erfreulich und befriedigend eine gute Zusammenarbeit war. Eine zweite Person zur Seite zu haben, die ihm dabei half, zu tieferen Einsichten in die Gestalt und die Handlung zu gewinnen, war ein großes Vergnügen, besonders wenn diese Person so wenig bedrohlich war wie der beflissene und unterwürfige Charlus. »Jetzt sind wir also an der Stelle«, sagte Rafiel, während er sich mit einem Handtuch etwas Schweiß abwischte, »wo wir dahintergekommen sind, daß in Theben erst wieder Ruhe einkehren wird, wenn der Mörder des alten Königs gefunden und bestraft worden ist, richtig? Und hier singe ich mein Gelöbnis an die Götter …«

»Permesso?« sagte Charlus höflich. Und er setzte zu einem wichtigtuerischen Stolzieren und einem halben Klackschritt an, wobei er seinen lavendelfarbenen Rock schwenkte und die Zeilen sang: »Ich

schwöre ohne Trug und List: Die Ratte kriegt von uns eins drauf, durch die König Laios draufgegangen ist...«

»Ja?« sagte Rafiel, ohne ein Urteil zu äußern.

»Und dann überbringt dir Kreon die schlechte Nachricht. Er erzählt dir, daß – *corpo di bacco* – es *schlecht* steht. Das Orakel sagt, daß der Mörder sich hier in Theben aufhält. Ich glaube, das ist die Stelle, an der dir zum erstenmal der Verdacht kommt, daß etwas an der Sache nicht geheuer ist. Verstehst du? So...« Und dabei mimte er jemanden, der plötzlich von einem unangenehmen Gedanken überfallen wird.

»Meinst du nicht, daß das noch ein wenig früh ist?«

»Es kommt darauf an, was *du* meinst, Rafiel«, sagte Charlus unterwürfig und blickte zur Tür.

Mosay und Docilia sahen herein, der Dramaturg mit einem huldvollen Lächeln, Docilia mit einem flüchtigen Kuß für Rafiel und einem zweiten für Charlus. Obwohl ihr Erscheinen eine Ablenkung bedeutete, machte sie der Kuß zu einer Art von Ablenkung, die das Denken in neue und erfreuliche Bahnen lenkte. Docilia war wieder ganz in Weiß gekleidet, allerdings ein Minimum an Weiß: einen kurzen weißen Wickelrock, einen kurzen Wickelbolero als Oberteil, mit nacktem Fleisch dazwischen und offensichtlich überhaupt nichts darunter. »Läuft es gut?« fragte der Dramaturg und antwortete sich selbst: »Natürlich tut es das; es wird ein *merveille du monde* sein. Meine Lieben, ich bin nur eben vorbeigekommen, um euch zu sagen, daß ich für ein paar Tage weg muß; ich werde mir einige Plätze ansehen, die als Drehorte in Frage kommen.«

Rafiel wandte den Blick von Docilia ab und blinzelte ihn an. »Wir machen *Oedipus* an echten Schauplätzen?«

»Darauf bestehe ich«, sagte Mosay entschlossen.

»Keine *faux* Kulissen; bei *Oedipus* will ich alles authentisch haben. Wir werden ein Theben haben, das selbst die Thebaner bewundern würden, wenn noch welche von ihnen übrig wären.«

Charlus räusperte sich. »Reist Docilia mit dir?« fragte er.

Diese Frage war Rafiel nicht eingefallen, aber jetzt, da sie gestellt war, interessierte ihn die Antwort ebenfalls. Mosay sah den Choreographen nachdenklich an. »Nun«, sagte er, »ich dachte mir, sie könnte vielleicht ein paar gute Ideen haben ... Warum willst du das wissen?«

Charlus hatte eine Erklärung parat. »Weil wir angefangen haben, einige der *pas-de-deux*-Passagen auszuarbeiten, und Docilia sollte Gelegenheit haben, sie auszuprobieren.« Für Rafiel klang das nicht sehr ehrlich.

Offenkundig ging es Mosay genauso. Er schürzte die Lippen und überlegte, doch Docilia antwortete für ihn. »Natürlich sollte ich das«, sagte sie. »Fahre ohne mich, Mosay. Ich wünsche dir eine angenehme Reise; wir sehen uns bei deiner Rückkehr wieder. Nur um eins bitte ich dich, mein Lieber, finde einen Ort, der nicht zu *heiß* ist. Ich schwitze so leicht beim Tanzen, weißt du.«

Welche Pläne Charlus für Docilia auch gehabt haben mochte, sie wurden zunächst einmal verschoben. Als sie endlich mit den Proben fertig waren, küßte Docilia den Choreographen geistesabwesend und zog Rafiel mit sich aus dem Raum, bevor Charlus etwas sagen konnte. »*J'ai molto faim,* mein Lieber«, sagte sie – und zwar ausdrücklich nur zu Rafiel, »und ich habe einen Tisch für uns reservieren lassen.«

Am Aufzug sah Rafiel sie nachdenklich an. »Wollte Charlus nicht mit dir zusammensein?«

Sie lächelte zu ihm auf und zuckte die Achseln. »Aber er hat sich doch so benommen, als ob er nicht wollte, daß du mit Mosay verreist«, hakte Rafiel beharrlich nach. »Und auch nicht mit mir, da wir gerade davon sprechen. Ist er vielleicht, na ja, eifersüchtig?«

»O Rafiel! Was ist das für ein entsetzliches Wort: ›eifersüchtig‹. Denkst du dabei an, wie heißt es noch, dieses Othello-Stück?«

»Er ist der Vater deines Kindes«, bemerkte Rafiel voller Unbehagen.

»*Mais oui,* aber warum sollte er eifersüchtig sein, wenn ich mit dir oder Mosay ins Bett gehe, *Darling?* Ich gehe mit ihm ja auch ins Bett – wann immer er will, vorausgesetzt, ich bin nicht gerade mit jemand anderem verabredet, versteht sich. Komm und laß uns ein feines Abendessen genießen, und mach dir keine *Sorgen* mehr.«

Sie gingen zusammen zu ihrem Tisch – diesmal nicht auf einem Balkon, sondern auf so etwas wie ein erhabenes Podest an der Seite des Raums, damit sie gut gesehen werden konnten. Es war die Art von Lokalität, wo sich Theaterleute trafen, im Atrium. Tische standen im Freien rings um den See auf dem Dach des fünfzigsten Stockwerks. Darüber war ein Netz gespannt, um alle durch Unachtsamkeit herunterfallenden Gegenstände aufzufangen, und von Zeit zu Zeit hörten sie das Quietschen der Magneten, die irgendein Stück Unrat wegzogen. Auf die Restaurantgäste fiel nie etwas. Der Ort war voller Kinder, und Docilia lächelte jedes einzelne an, als Probe der bevorstehenden Mutterschaft. Schwäne glitten über den See, und Sterne waren in das Netz über ihnen eingewoben.

Als die Dienermaschinen ihren Affenbeerensaft brachten, fiel Rafiel etwas ein. »Da wir gerade von

Charlus sprachen; er hatte eine Idee für deine Szene am Schluß. Weißt du, kurz bevor du dich aufhängst. Wenn du hinausgehst …«

Er blickte sich um, um festzustellen, wer sie ansah, und beschloß dann, die Fans etwas zu verwöhnen. Er stand auf und vollführte auf der kleinen freien Stelle zwischen ihrem Tisch und dem Geländer jenen Schritt, den Charlus als ›*gedruk*‹ bezeichnet hatte, tippelnd und die Hüften schwenkend. Er blieb nicht unbemerkt. Leises Kichern war ringsum im Speisesaal zu vernehmen. »Ach, vielleicht nicht schlecht«, sagte Docilia und nickte anerkennend. »Damit erntet man zumindest Gelächter, nicht wahr?«

»Ja«, sagte Rafiel, »aber das ist der springende Punkt. Wollen wir eine *Komödie* machen? Ich meine, du bist im Begriff zu sterben …«

»Genau, mein Lieber«, bestätigte sie ohne jedes Verständnis. »Deshalb wird es in der Aufführung doppelt komisch wirken.«

»*But* findest du nicht, daß das ein hart zu schluckendes *morceau* Unlogik ist? Komödie und Tod?«

Sie war völlig verdutzt. »*Hai*, genau das ist ja das Lustige, oder nicht? Ich meine, das *Sterben*. Das ist etwas so Bizarres, daß es das Publikum immer zum Lachen bringt.« Doch dann, als sie ihm ins Gesicht sah, biß sie sich auf die Lippe. »*Pas* ganz so lustig für alle, was?« sagte sie reuevoll. »Du bist so unheimlich *normal*, lieber Rafiel, daß ich es manchmal einfach vergesse.«

Er zuckte die Achseln und vergab ihr. »Du weißt mehr darüber als ich«, räumte er ein, wohl wissend, daß er sich immer noch schmollend anhörte – und er war froh, als ein berühmter Nachrichtenkomiker auf einen Schwatz an ihren Tisch herüberkam. Da der Ort nun mal so war, wie er war, blieb ein Schwirren von Tisch zu Tisch unumgänglich. Ebenso erfreut über die Unterbrechung zeigte Docilia dem Komiker ihre Tomogramme mit dem Baby und erhielt die angemessenen Lobesworte.

Dann war Rafiel an der Reihe, in ein Fettnäpfchen zu treten. »Was hast du dir als Muttersurrogat ausgesucht?« fragte er, um einen Beitrag zur Unterhaltung zu leisten, und sie warf ihm einen scharfen Blick zu.

»Hat dir jemand davon erzählt? Nein? Nun, es ist eine Kuh«, sagte sie und wartete ab, wie er darauf reagieren würde. Sie wirkte bedrückt. Als er lediglich nichtssagend nickte, fuhr sie fort: »Charlus wollte etwas Ausgefalleneres nehmen. Glaubst du, ich habe es richtig gemacht, Rafiel? Indem ich auf einer gewöhnlichen Kuh als Ersatzmuttertier bestanden habe, meine ich. Heutzutage entscheiden sich so viele Leute für Wasserbüffel ...«

Er lachte sie an. »Wie soll ich das wissen? Ich habe noch nie die Elternrolle gespielt.«

»Nun, ich schon. Und glaube mir, Rafiel, das ist nicht leicht. Welche *difference* macht es schon, was für ein Tier dein Kind für dich austrägt? Aber Charlus sagt, es sei wichtig, und – ach, Rafiel – wir hatten deswegen einen so schrecklichen Streit!«

Sie schüttelte den Kopf und beklagte die Widerspenstigkeit und Torheit der Männer. Dann entschloß sie sich zu vergeben. »Es ist nicht einzig und allein sein Fehler, nehme ich an. Er macht sich Sorgen. Besonders jetzt. Besonders weil es fast das *fin* des zweiten Trimesters ist, und das bedeutet, es ist Zeit ...«

Sie verstummte mitten im Satz und biß sich erneut auf die Lippe. Rafiel wußte warum: diesmal war ihr Taktgefühl schneller erwacht. Das Ende des zweiten Trimesters war der Zeitpunkt, zu dem sie die

Behandlung zum Unsterblichmachen des Kindes durchführen lassen mußten, denn an diesem Punkt war das Immunsystem des Fötus noch nicht entwickelt, und man konnte es dahingehend beeinflussen, daß sein Leben grundsätzlich ewig dauern würde.

»Das ist eine schlimme Zeit, das ist mir klar«, sagte Rafiel, um sie zu trösten, aber natürlich wußte er Bescheid. Jeder wußte, daß er Bescheid wußte und warum er Bescheid wußte. Die Operation war gefährlich für den kleinen Fötus. Viele starben, wenn die Behandlung fehlschlug – oder schafften es zu überleben, jedoch mit einem tödlich intakten natürlichen Immunsystem. Wie Rafiel.

»Oh, *mon chèr*«, sagte sie. »Du weißt, daß ich das nicht *persönlich* gemeint habe.«

»Natürlich nicht«, sagte er beschwichtigend; doch trotz allem war die fröhliche Stimmung eines gelungenen Probetags vergangen, der Reiz des Abends war zunichte gemacht, und lange bevor sie ihr ausgedehntes Essen beendet hatten, hatte er den Plan verworfen, sie für die Nacht zu sich einzuladen.

Der Abend war dadurch für ihn verdorben. Es war noch zu früh, um schlafen zu gehen, und zu spät, um noch irgend eine andere Verabredung zu treffen, also wanderte er allein durch seine Wohnung. Er versuchte zu lesen, aber das war eine zu große Anstrengung für ihn. Sein Blick fiel auf die Bar, aber er hatte bereits einen Muskelkater von der ausgiebigen Arbeit des Tages. Er schaltete den Vid ein und ging alle Kanäle durch auf der Suche nach etwas Neuem und Gutem, doch es gab nichts. Eine Serie von Fußballspielen, deren Endspiel in Katmandu stattfand, Wahlen in Uruguay – wen interessierte das schon? Er verharrte eine Weile bei einem Bericht über eine bewohnte Raumsiedlung, die jetzt mit Geräten ausgestattet wurde, um das Sonnensystem verlassen zu können: es war diejenige mit dem Namen *Hakluyt,* und daß sie seine Aufmerksamkeit für einen Moment fesselte, lag an dieser blöden Frau, dieser Hillaree, mit ihrem Manuskript. Es wäre interessant, dachte er, den endgültigen Sprung zu einem auswärtigen Stern zu machen ... Natürlich nicht für ihn, da er längst tot wäre, bevor die Expedition hoffen konnte, ihr Ziel zu erreichen. Er ließ die Todesanzeigen auf dem Bildschirm ablaufen – seine Lieblingsnachrichten –, doch die knappe Liste enthielt keine Namen, die ihm etwas sagten. Er schaltete wieder auf die Unterhaltungskanäle um. Er hatte davon gehört, daß es eine neue lustige Bühnenserie geben sollte. Der Titel lautete *Dachau,* und ihm fiel ein, daß eine der Rollen mit einer Frau besetzt war, mit der er ein paarmal geschlafen hatte, vor vielen Jahren. Jetzt spielte sie eine – eine was? – eine Aufseherin in einem Konzentrationslager im Deutschland des Zweiten Weltkriegs, soweit er sich erinnerte. Es war eine komische Rolle; sie war eine Gestalt zum Lachen, weil die Juden und Zigeuner und politischen Feinde, die Insassen des Lagers also, ihr ständig Streiche spielten und sie zum Narren hielten. Es war stellenweise wirklich recht komisch. Rafiel lachte, als einer der Gefangenen, der entwischt war, um einen heldenhaften Spionageakt für die Alliierten durchzuführen, unter den Augen des Kommandanten wieder heimlich ins Lager eingeschleust wurde. Trotzdem fragte er sich, ob die Dinge in den echten Konzentrationslagern der damaligen Zeit wirklich so *jolly* gewesen waren, da die echten Todesöfen doch Tag und Nacht brannten.

Es kam immer darauf an, ob man persönlich betroffen war, dachte er.

Und dann schaltete er das Gerät aus und dachte an Docilia. Er hätte nicht so schroff mit ihr sein sollen. Sie konnte es nicht ändern, daß sie so war, wie sie war. Wenn der Tod für die Unsterblichen etwas Lustiges war, was konnte sie dafür? Hatte der größte Teil der Welt nicht jahrhundertelang über die Possen von Zwergen und Krüppeln gelacht, sie sogar zu Hofnarren gemacht? Vielleicht fanden die Buckeligen selbst das keineswegs komisch – aber das war *ihr* Standpunkt.

Und seine Einstellung zum Sterben war seine Sache.

Er erwog einen Moment lang, Docilia anzurufen und sich bei ihr zu entschuldigen – vielleicht wäre der Abend doch noch zu retten. Dann fiel ihm wieder ein, was Mosay über persönliche Mitteilungen in seiner Post gesagt hatte, und er ließ sie ablaufen.

Die erste war in der Tat persönlich und eine Überraschung. Es war eine gesprochene Nachricht, und sobald das Bild deutlich wurde, erkannte er das Gesicht des Mannes, der zufällig sein biologischer Vater war.

Der Mann hatte sich nicht im geringsten verändert. (Nun, warum sollte er das auch, in den neunzig und ein paar Jahren?) Er war immer noch so jugendlich und gutaussehend wie damals, bei einem seiner seltenen Besuche, als er sich den jungen Rafiel ziemlich linkisch auf die Knie gesetzt hatte. »Ich habe erfahren, daß du wieder mal im *Krankenhaus* warst«, sagte der Mann auf dem Bildschirm mit dem Ausdruck einer Person, die einen Pflichtanruf bei einem Freund, dem es schlechtgeht, erledigt – allerdings nicht bei einem sehr engen Freund. »Dabei ist mir eingefallen, daß wir lange nichts mehr voneinander gehört haben. Ich bin froh, daß alles *fait bon,* Rafiel – mein Sohn –, und wirklich, du und ich, wir sollten bald mal, an einem *prossimo giorno,* zusammen essen.«

Das war alles. Rafiel ließ das Bild anhalten, bevor es verschwand, um das dunkle, wohlgeformte Gesicht des Mannes, dessen Gene er in sich trug, eingehend zu betrachten. Doch der Mensch hinter dem Gesicht entzog sich ihm. Er seufzte, zuckte die Achseln und ließ die nächste Mitteilung ablaufen …

Und bei dieser erstarrte er in seinem Sessel vor Überraschung, die allerdings zu heftig war, als daß man sie freudig hätte nennen können.

Es war keine Bildmitteilung, nicht mal eine gesprochene, es war eine Fax-Übermittlung in einer krakeligen, fast unleserlicheren Handschrift, die er sehr gut kannte:

Liebster Rafiel, ich war so froh, als ich gehört habe, daß du wieder mal einen Durchgang bei den verdammten Ärzten hinter dich gebracht hast. Ich schicke dir ein kleines Geschenk, um deine Genesung zu feiern – und um dich an mich zu erinnern, denn ich denke sehr oft an dich.

Er konnte sich nicht vorstellen, um was für ein Geschenk es sich handeln mochte, aber die Zeilen waren unterschrieben, ganz wundervoll unterschrieben:

Für immer Dein, Alegretta.

6 *Natürlich bestehen alle möglichen Beziehungen und Abneigungen innerhalb der zusammengewürfelten* Oedipus-*Truppe. Charlus ist der Erzeuger von Docilias ungeborenem Kind. Andrev, der den Kreon spielen soll, ist der Sohn des Komponisten der Partitur, Victorium. Ormeld, der Priester, und Andrev haben seit fünfunddreißig Jahren nicht mehr miteinander gespielt aufgrund eines häßlichen kleinen Streits über die Plazierung auf dem Plakat eines Stückes, bei dessen Aufführung sich schließlich herausstellte, daß keiner von beiden für seine schauspielerischen Leistungen Lorbeeren erntete. (Sie umarmen einander mit überschwenglicher, aber argwöhnisch lauernder Begeisterung, als sie sich im Probesaal begegnen.) Sander, der Tiresias, studierte Schauspielerei bei Mosay, als Mosay seine eigene Karriere gerade aufgegeben hatte (nachdem er entdeckt hatte, wie befriedigend die Rolle eines Dramaturgen als Gott hinter der Kulisse war). Sander hegt immer noch eine gehörige Portion Ehrfurcht vor seinem früheren Lehrer. All diese Querverbindungen haben absolut nichts zu tun mit den üblichen Wer-hat-mit-wem-geschlafen-Geschichten. Und so sollte es auch bleiben. Wenn die Leute auch noch diese Art von Vergangenheit mit sich herumschleppen, dann können sie nie etwas Gescheites zustande bringen. Eigentlich schleppt niemand etwas mit sich herum – jedenfalls nicht an der Oberfläche, wo es sichtbar würde. Ganz im Gegenteil. Jeder ist ausgesprochen liebenswürdig zu jedem anderen und von verschwörerischer Hingebung an die Show durchdrungen – bis jetzt. Sicher, bis jetzt hatten sie noch nicht viel Gelegenheit, sich irgendwie anders zu verhalten, da es erst der erste Probetag mit voller Besetzung ist.*

Obwohl Mosay immer noch unterwegs war auf der Suche nach geeigneten Drehorten – irgendwo in der *Türkei,* hatte jemand behauptet, obwohl sich niemand vorstellen konnte, warum jemand ausgerechnet in die Türkei wollte – hatte er sich die Zeit genommen, am ersten Tag an jeden einzelnen von ihnen über das Telenetz ein paar Worte zu richten. »Alle mal aufstellen«, befahl er, während er sie im Monitor über seiner Kamera beobachtete. »Was ich von euch möchte, ist, daß ihr schnell mal euren Text heruntersagt. Ihr sollt nicht singen. Ihr sollt nicht tanzen, ihr sollt nicht einmal spielen – wir wollen einfach nur die Worte sprechen und einander sehen. Docilia, bitte laß für ein paar Minuten ab von Charlus und paß auf. Victorium wird stellvertretend für mich handeln, während ich« – ein verhaltener, jedoch ausdrucksstarker Seufzer; Mosay hatte sein schauspielerisches Können nicht vergessen – »immer noch versuche, den *richtigen* Ort für unsere Produktion zu finden.«

Eigentlich war es Rafiel, der am wenigsten aufmerksam war, denn seine Gedanken beschäftigten sich eingehend mit der verlorenen Alegretta. War sie jetzt vielleicht wiedergefunden? Denn seine erste Liebe vergaß man niemals …

Er war damals zwanzig Jahre alt, ein strahlender junger Sänger und Tänzer mit einer sicheren Karriere. Das Publikum wußte das noch nicht, denn er mußte immer noch die Sachen machen, die einem am Anfang nicht erspart blieben, billige Simulationen und Ersatzrollen, bei denen man nie eine eigene dramatische *Aussage* machen konnte. Langsam wurde er jedoch in der Branche bekannt, und Rafiel war ganz zufrieden damit, sich einen Weg nach oben zu erarbeiten und dabei das feste Bewußtsein zu haben, daß der große Durchbruch ganz sicher kommen würde. (Und er war gekommen, kaum ein Jahr später.)

Doch ausgerechnet in dieser Zeit war er krank geworden. (Niemand wurde *krank!*). Als der hartnäckige Husten anfing, seine Texte kaputtzumachen, mußte er etwas dagegen unternehmen. Er klagte bei seinen Ärzten darüber. Etwas verwirrt (man hatte keinen Husten!) steckten die Ärzte ihn zur Beobachtung in ein Krankenhaus, denn sie waren deswegen ebenso aus der Fassung geraten wir Rafiel selbst. Und als alle Untersuchungen abgeschlossen waren, kam die Chefärztin persönlich in sein Krankenzimmer, um ihm die schlechte Nachricht zu überbringen.

Selbst nach all diesen Jahrzehnten erinnerte sich Rafiel genau daran, wie sie an jenem Morgen ausgesehen hatte. Aufregend. Auch sexy, das war ihm gleich aufgefallen, trotz der Umstände. Eine große Frau, sogar größer als Rafiel selbst, mit rötlich-braunem Haar und einer Nase, die ein winziges bißchen gebogen war, gerade soviel, um nicht im herkömmlichen Sinn perfekt zu sein, jedoch mit einem Lächeln, das das mehr als wettmachte. Er hatte sie angesehen, durch das Lächeln mißtrauisch geworden und ein wenig feindselig, weil er etwas Angst hatte. Sie setzte sich nah zu ihm und lächelte nicht mehr. »Rafiel«, sagte sie unumwunden, »ich habe eine schlechte Nachricht für Sie.«

»*Che c'e?* Können Sie nichts gegen diese verdammte Erkältung tun?« sagte er verwirrt.

Sie zögerte, bevor sie antwortete. »O ja, *die* können wir heilen. So etwas können wir von einem Tag zum anderen in Ordnung bringen. Aber sehen Sie, Sie dürften jetzt eigentlich überhaupt keinen Husten haben. Das bedeutet ...« Sie verstummte, offensichtlich gequält. »Das bedeutet, daß die Behandlung bei

Ihnen nicht angeschlagen hat«, sagte sie schließlich, und auf diese Weise gab Alegretta Rafiel zu verstehen, daß ihm das düstere Schicksal bevorstand, in spätestens hundert Jahren zu sterben.

Als er begriffen hatte, was sie sagte, hörte er ruhig und geduldig all den Erklärungen zu, die noch folgten. Seltsamerweise hatte er mehr Mitleid mit ihr als mit sich selbst – jedenfalls damals war es so; später, als das Ganze tiefer in sein Bewußtsein eingesunken war, änderte sich das. Doch als sie ihn darüber aufklärte, daß solche Mißerfolge zwar äußerst selten waren, doch immerhin von Zeit zu Zeit vorkamen, und daß er wenigstens den Versuch überlebt hatte, was bei vielen ungeborenen Babies nicht der Fall war, unterbrach er sie. »Ich habe das Gefühl, der Arztberuf ist nicht der richtige für Sie«, sagte er zu ihr und blickte ihr forschend ins hübsche Gesicht.

»Warum nicht?« fragte sie.

»Sie nehmen die Dinge zu schwer. Sie werden nicht damit fertig, schlechte Nachrichten zu übermitteln.«

Sie entgegnete nüchtern: »Ich habe schließlich noch nicht viel Übung darin, oder?«

Er lachte sie an. Sie sah ihn überrascht an; aber er war ja erst Mitte zwanzig, und die Aussicht auf weitere hundert Jahre schien nicht weit von der Ewigkeit entfernt zu sein. »Üben Sie es an mir«, drängte er sie. »Und wenn ich es hinter mir habe, lassen Sie uns gemeinsam zu Abend essen.«

Das taten sie. Sie aßen viele Male gemeinsam zu Abend, in diesen ersten Wochen, und sie frühstückten auch gemeinsam, denn noch in derselben Nacht zogen sie in ihre Wohnung über dem Krankenhausflügel. Sie blieben fast zwei Wochen lang zusammen, und für ihn hatte es noch nie eine Frau wie sie gegeben. »Ich werde nie jemandem etwas davon sagen«, versprach sie, als sie sich trennten. »Das gebietet die ärztliche Schweigepflicht, weißt du. Es ist ein Geheimnis.« Und sie hatte tatsächlich nie jemandem etwas davon gesagt.

Seine Karriere nahm einen steilen Aufschwung. Damals brauchte Rafiel keine Absonderlichkeit, um ein Star zu sein; er wurde ein Star, weil er verdammt gut war.

Erst später wurde er außerdem zu einer Kuriosität, denn, obwohl Alegretta niemals etwas verraten hatte, fanden noch eine Menge weiterer Untersuchungen statt, und irgendwann hatte irgend jemand nicht dichtgehalten.

Damals war es Rafiel gleichgültig, daß Alegrette fast hundert Jahre alt war im Gegensatz zu seinen zwanzig. Warum sollte ihm das etwas ausmachen? Solche Dinge waren unerheblich in einer Welt der ewigen Jugend. Alegretta sah keine Minute älter aus als er selbst … Und erst viel später, als sie ihn verlassen hatte und er verzweifelt versuchte dahinterzukommen, warum das geschehen war, erkannte er die Bedeutung der Tatsache, daß sie niemals älter aussehen würde.

Die ersten Probedurchgänge waren nicht sehr entscheidend. Sie dienten eigentlich nur dem Zweck, sämtliche Mitglieder des Ensembles zusammenzubringen, ihnen eine Vorstellung von ihrem Text und den Zusammenhängen zwischen den Gestalten untereinander zu geben und zu klären, wer wie zu wem stand. Sie spielten nicht, und gesungen wurde schon gar nicht; sie lasen mit gedämpften Stimmen ihre Texte ab, die Augen mehr auf die durchlaufende Souffleuranzeige an der Wand gerichtet als auf die Partner. Es fiel nicht ins Gewicht, daß Rafiel mit den Gedanken ganz woanders war. Während die anderen auf der Bühne waren, holte er das Fax von Alegretta wieder aus der Tasche und las es erneut. Immer wieder. Trotzdem war er nicht weniger aufmerksam als die anderen, bildete er sich ein. Die hübsche junge Antigone – wie hieß sie noch mit richtigem Namen? Bruta? So ähnlich. Jedenfalls war sie eine echte Amateurin, und wie alle Amateure versuchte sie jedesmal, wenn sie sprach, an den vorderen Rand der Bühne zu gehen. Allerdings sprach sie nicht oft, und es störte auch nicht, denn wenn Mosay zurückkäme, würde er sich solcher Dinge auf seine sanfte, unwiderstehliche Art annehmen. Und Andrev, als Kreon, hatte offenkundig das Manuskript noch nicht einmal angesehen, während Sander, der den blinden Propheten Tiresias spielen sollte, sich beschwerte, daß das ganze Proben überhaupt keinen Sinn habe, solang der Dramaturg selbst nicht anwesend war. Victorium hatte allerhand zu tun.

Aber er war der Sache gewachsen. Als sie den ersten schnellen Durchgang hinter sich gebracht hatte, wies er Charlus an, mit der Choreographie der ersten Szene zu beginnen, wo alle Thebaner zur Eröffnung dem Publikum ihr Unglück unter der Greuelherrschaft der Sphinx kundtaten. Rafiel griff gerade mal wieder in die Tasche, um einen erneuten Blick auf das Fax zu werfen, als Victorium zu ihm kam. »*Are you okay,* Rafiel?« fragte er. »Ich hatte den Eindruck, daß du mit den Gedanken ein bißchen woanders bist.«

»*Pas de tout*«, entgegnete Rafiel und steckte den Brief weg. Dann räumte er ein: »Na ja, ein bißchen *forse*. Ich – ähm – habe einen Brief von einer alten Freundin bekommen.«

»Ja«, sagte Victorium und nickte. »Mosay hat etwas davon erwähnt. Alegretta, heißt sie nicht so?«

Rafiel zuckte die Achseln und ließ sich seine Verärgerung nicht anmerken. Natürlich wußte Mosay über die ganze Sache mit Alegretta Bescheid, denn Mosay hatte es sich zum Prinzip gemacht, alles Wissenswerte über jeden seiner Künstler zu wissen; aber durch die private Post zu schnüffeln und den Inhalt mit anderen zu besprechen, das ging zu weit.

»Auch bei alten Lieben schlägt einem das Herz noch manchmal schneller, nicht wahr?« sagte er.

»Ach ja?« sagte Victorium, der nicht beabsichtigt hatte, sich so skeptisch anzuhören, der jedoch andererseits offenbar selbst derartige Gefühle nicht kannte. »Ist es lange her? Wirst du sie wieder treffen?«

»Ach« – Rafiel verwirrte dieser Gedanke, ängstigte ihn beinah – »nein, ich glaube nicht. Nein, wahrscheinlich nicht – sie ist weit weg. Anscheinend hält sie sich zur Zeit in einer der Orbitalstationen auf. Wußtest du, daß sie Ärztin war? Aber inzwischen hat sie die Medizin aufgegeben und befaßt sich mit irgendwelchen wissenschaftlichen Arbeiten.«

»Das hört sich an, als wäre sie eine sehr interessante Person«, bemerkte Victorium nichtssagend – auch er war ein wenig geistesabwesend, denn in der Mitte des Saals hatte Charlus angefangen, den Thebanern die Tanzpassagen vorzuführen, und Victorium waren die Klänge seiner eigenen Musik nicht entgangen. Den Blick unverwandt auf die Thebaner gerichtet, sagte Victorium: »Mosay hat mich gebeten, dir die Rohsimulation der Eröffnung zu zeigen. Laß uns hinübergehen zu dem kleinen Bildschirm – o verdammt«, unterbrach er sich. »*Excuse me,* bitte eine Minute. *Damnation,* Charlus läßt sie hüpfen, während die Musik eindeutig *con vivace* ist. Ich bin gleich wieder da.«

Rafiel lauschte den erhobenen Stimmen und konzentrierte seine Aufmerksamkeit mit aller Willenskraft darauf, eine Wiederholung der Gefühlswallung zu vermeiden, die Victoriums beiläufige Bemerkung in ihm ausgelöst hatte. Charlus gewann den Streit offenbar, dachte er, obwohl das Ergebnis nicht endgültig feststünde, bevor Mosay es nach seiner Rückkehr ratifizieren würde. Es war eine ziemlich wichtige Szene. Antigone, Ismene, Polyneikes und Eteokles – die vier Kinder von Ödipus und Jocasta – vollführten so etwas wie einen *pas de quattre* im Stepschritt, die Arme untereinander verschränkt wie die jungen Schwäne in *Schwanensee,* während sie eine Zusammenfassung sangen von den Ereignissen, wie Ödipus kam und sie von der abscheulichen Sphinx befreiten. Der Chor war ein echter Chor, genauer gesagt sogar eine *chorus line,* die im Hintergrund steppte, während eine Person nach der anderen sprach – ein Töpfer, ein Weber, ein Soldat, ein Sklave – ja, sagten sie, es steht schlecht, und es muß etwas *getan* werden. Dann käme Rafiels Auftritt als Ödipus, und die Story würde ihren Lauf nehmen... allerdings heute nicht.

Victorium atmete schwer, als er sich wieder zu Rafiel gesellte. »Du brauchst dich mit alledem jetzt gar nicht zu befassen«, sagte er mürrisch, »denn ich bin sicher, Mosay läßt nicht zu, daß dieser *Dummkopf* von Tanzlehrer das *grand ensemble* mißbraucht. Vergiß es.« Er schnipste mit den Fingern in Richtung des Souffleurmonitors, um zu zeigen, was er und Mosay für die Eröffnung nach dem Vorspann vorgesehen hatten. »Laß uns mit deiner Rolle hier ansetzen. Dies ist die Stelle, bevor die eigentliche Story beginnt, wo du und die Sphinx zu sehen sind.«

Rafiel widmete der Sache pflichtschuldig seine Aufmerksamkeit. Selbst in einer vorläufigen Simulation mit Gliederpuppen sah er, daß das Ungeheuer auf dem Bildschirm außergewöhnlich unangenehm aussah, wie ein geflügeltes Reptil. »*Che cosa,* zum Teufel, ist das denn?«

»Das ist natürlich die Sphinx. Was sollte es denn sonst sein?« sagte Victorium und hielt die Computersimulation an, damit Rafiel das Geschöpf ausgiebig mustern konnte.

»Für mich sieht das nicht wie eine Sphinx aus, sondern wie ein Krokodil.«

»Mosay«, sagte Victorium mit Genugtuung, »hat das ausgesucht. Theben war eine Stadt am Nil, mußt du wissen. Der Nil ist berühmt für Krokodile. Man hat ihnen Menschenopfer dargebracht.«

»Aber dieses hier hat Flügel.«

»*Perché non?* Du denkst wahrscheinlich an diese andere ägyptische Sphinx. Die alte aus der Wüste? Diese ist anders. Es ist eine thebanische Sphinx, und die sieht so aus, wie Mosay sagt, daß sie aussieht.« Victorium warf ihm einen Blick zu, der Tadel an einem Schauspieler ausgedrückt hätte, weil er Zeit für unbedeutende Kleinigkeiten vergeudete – wenn es sich nicht zufällig um den Star der Show gehandelt hätte. »Das Entscheidende ist doch, daß das Geschöpf ganz Theben terrorisiert hat, nachdem ihr *ancien roi,* nämlich Laios, ermordet worden war, bis du des Weges kamst und sie von ihm befreit hast. Was natürlich der Grund dafür war, daß die Thebaner dich Jocasta heiraten ließen und dich zu ihrem *nouveau roi* machten.« Er dachte einen Augenblick lang nach. »Ich muß noch eine neue Musik schreiben, zu der die Sphinx das Rätsel singen kann, aber«, sagte er wehmütig, »Mosay sagt, wir wollen nicht allzuviel Gesang und Tanz an dieser Stelle, verstehst du, weil *tutti qui* alles eine Art Prolog ist. Es kommt im Stück von Sophokles nicht vor. Wir lassen es einfach unter dem Vorspann laufen, um die Szene zu unterlegen – oh, *merde!* Was ist das denn?«

Er sah auf das eingeblendete Fenster auf dem Bildschirm, wo Rafiels Name aufflackerte.

»Jemand ruft mich an, vermute ich«, sagte Rafiel.

»Du darfst während der Proben keine Privatanrufe empfangen, weißt du das nicht?« schimpfte der Stellvertreter des Dramaturgen. Dann zuckte er die Achseln. »*San ferian.* Sieh nach, wer es ist, ja?«

Doch als Rafiel seine Empfangsbereitschaft eintippte, erschien kein Bild auf dem Schirm, sondern nur eine Stimme. Es war nicht einmal die Stimme eines ›jemand‹. Es war die gelassene, unpersönliche Stimme seiner Dienermaschine zu Hause, und sie sagte:

»Ein lebender Organismus ist für Sie abgegeben worden. Es ist ein Geschenk. Ich bin nicht programmiert, um lebendige Wesen zu versorgen. Bitte geben Sie mir Anweisungen.«

»Wer, um alles in der Welt«, wunderte sich Rafiel, »schickt mir wohl ein *pet?*«

Es war niemand von dieser Welt – jedenfalls nicht vom Planeten Erde; als Rafiel den Zettel sah, der an den Käfig geheftet war, in dem das schneeweiße Kätzchen zufrieden schnurrte, wußte er sofort, von wem es stammte.

Dies ist das schönste Junge meiner Lieblingskatze, lieber Rafiel. Ich hoffe, du wirst es ebenso lieben, wie ich es liebe.

Rafiel ertappte sich dabei, daß er lauthals lachte. Was für ein absonderlicher Einfall von Alegretta. Und außerdem wie lieb! Das mußte man sich einmal vorstellen, daß sich jemand ein Tier hielt! Das gehörte absolut nicht zu den Gewohnheiten der Unsterblichen. Wer wollte sich mit einem Lebewesen einlassen, das unweigerlich nach ein paar Jahren sterben mußte – nach nur einem Augenblick, gemessen an der langen Lebensdauer der jetzt lebenden Leute? (Wenigstens traf das für die meisten zu.) Aber es war ein liebenswerter Gedanke; und ein liebenswertes Kätzchen, fand er, als er es unsicher aus dem Käfig hob und sich auf den Schoß setzte. Das hübsche kleine Ding schien sich dort wohlzufühlen, da es immer noch schnurrte, während es mit verschlafenen blauen Augen zu ihm aufblickte.

Vor allen Dingen zählte, daß es ein Geschenk von Alegretta war. Er lächelte, während er – behutsam, um das kleine Tier nicht zu stören – begann, seine Dateien nach Anleitungen zur Pflege und Fütterung von Kätzchen zu durchsuchen.

7

Rafiel hat beschlossen, nicht noch einmal mit Docilia zu schlafen. Er weiß nicht genau, warum. Er vermutet, daß es etwas damit zu tun hat, daß der Erzeuger ihres Kindes ständig in der Nähe ist, was ihm Unbehagen bereitet. Es ist nicht nur die Tatsache, daß sie zur Schaffung eines Fötus zusammengewirkt haben, die ihn zur Zurückhaltung veranlaßt, sondern vielmehr die, daß sie planen, eine Familie zu sein. Erst später merkt er, daß das bedeutet, daß er auch mit keinem anderen Mitglied der Truppe ins Bett gehen kann. Nicht mit Antigone, diesem jungen Mädchen namens Bruta, obwohl sie ihm ein Angebot gemacht hat – obwohl sie ihn am Anfang einigermaßen interessiert hat, weil sie zufällig rötlich-braunes Haar hat und ihre Nase nicht ganz gerade ist. (Vielleicht ist es auch weil *sie Alegretta ein bißchen ähnlich sieht, daß er nicht mit ihr schlafen will.) Nicht mit einer einzigen, trotz des Umstandes, daß Rafiel während seiner ganzen schauspielerischen Laufbahn es sich niemals hat nehmen lassen, mit jeder Person, mit der zu schlafen seine Rolle im Stück vorsah, auch wirklich zu schlafen, nach dem Prinzip, daß das seiner Kunst etwas Realistisches verlieh. (Die meisten dieser Frauen haben ihn nicht besonders gereizt, aber er war bereit, für die Kunst Opfer zu bringen.) Diesmal jedoch – nein. Der einzige vernünftige Grund, der ihm selbst für seine Entscheidung einfällt, ist der, daß Docilia bestimmt dahinterkommen und es ihre Gefühle verletzen würde, zugunsten der anderen verschmäht worden zu sein.*

DIESE UNGEWÖHNLICHE ENTHALTSAMKEIT war keineswegs darin begründet, daß er kein Verlangen nach Geschlechtsverkehr hatte. Im Gegenteil. Er brauchte keine Programme mit Designerträumen von Liebesakten abzurufen. Sein Unterbewußtsein lieferte in dieser Hinsicht ein so reichhaltiges Programm, wie er es nur brauchte. Fast jeden Morgen erwachte er aus Träumen sowohl von heißen, schweißtreibenden schnellen Begegnungen als auch von traumhaft lang ausgedehnten. Der Kern des Problems war, daß er, obwohl er es gern gemacht hätte, es mit keiner Person tun wollte, die er kannte. (Eine mögliche Ausnahme ging ihm nie aus dem Kopf, blieb jedoch unerreichbar.) Also schlief er allein. Als ihn eines Morgens ein leises Geräusch weckte, begleitet vom Duft einer parfümierten Frau, der ihm in die Nase stieg, glaubte er, es handelte sich um einen noch nicht ganz vergangenen Traum. Dann öffnete er die Augen. In seinem Zimmer war eine Frau; sie stand neben einem Sessel und schlüpfte soeben aus den letzten Teilen ihrer Kleidung. »Wer, zum Teufel, sind Sie?« schrie er, während er sich aufrichtete.

Die Frau war völlig nackt und völlig gefaßt. Sie setzte sich auf die Bettkante und sagte: »Ich bin Hillaree. Sie haben so sexy ausgesehen, wie Sie so dalagen, daß ich dachte, ich sollte mich am besten zu Ihnen legen.«

»Wie, zum Teufel, sind Sie in meine Wohnung gekommen?«

»Ich bin Dramaturgin«, sagte sie schlicht. »Wieviel Achtung hätten Sie vor mir, wenn ich mich von Ihrem Portier hätte abhalten lassen?«

Rafiel drehte sich im Bett um, um sie besser betrachten zu können. Sie war ein lockenköpfiges kleines Ding mit einem vollen, ernsten Mund, und er war ganz sicher, daß er sie nie zuvor gesehen hatte.

Aber er hatte ihren Namen schon mal gehört, fiel ihm ein. »Oh, *diese* Dramaturgin«, sagte er und erinnerte sich schwach an die lang zurückliegende Nachricht.

»Die Dramaturgin, die eine wundervolle Rolle für Sie hat«, bestätigte sie, »sofern Sie genügend Intelligenz besitzen, sie anzunehmen.« Sie tätschelte ihm freundlich den Kopf und stand auf.

»Wenn Sie mich für eine Rolle wollen, dann sollten Sie mit meiner Agentin sprechen«, rief er ihr hinterher.

»Oh, das habe ich getan, Rafiel. Sie hat mich hinausgeworfen.« Hillaree durchwühlte den Haufen ihrer hingeworfenen Kleidungsstücke auf dem Stuhl neben dem Bett. Sie brachte einen Laptop-Koffer zum Vorschein, mit dem sie zum Bett zurückging. »Ich gebe zu, es wird keine *große* Show werden«, erklärte sie ihm, während sie sich im Schneidersitz auf seinem Bett niederließ und den Bildschirm des Laptop hochklappte. »Ich bin nicht Mosay. Ich mache keine *spectacoli*. Aber die Leute reisen hinaus zu den Sternen, Rafiel. Der neueste derartige Fall ist eine Raumsiedlung mit dem Namen *Hakluyt*. Ihre gesamte Bevölkerung hat dafür gestimmt, die Station in ein interstellares Raumgefährt umzuwandeln...«

»Davon habe ich gehört!« fuhr er mehr oder weniger wahrheitsgemäß dazwischen. »Raumsiedler haben so etwas schon mal gemacht – letztes Jahr, glaube ich. Oder ist es schon ein paar Jahre her? Soweit ich mich erinnere, sind sie nach Alpha Centauri oder so gereist.«

»Sehen Sie? Sie wissen es nicht einmal mehr. Niemand erinnert sich, und dabei ist es eine großartige *Heldengeschichte*. Diese Leute unternehmen etwas sehr Aufwendiges und Gefährliches. Nein, Rafiel«, schloß sie und schüttelte dabei den hübschen Kopf, »es ist die großartigste Story unserer Zeit, und sie muß *dramatisch* umgesetzt werden, damit die Leute sie *begreifen*. Ich bin diejenige, die sie inszenieren wird, und Sie sind derjenige, der sie spielen wird. Oh, es wird etwas anderes dabei herauskommen als eine Mosay-Produktion, das kann ich Ihnen versichern. Aber Ihnen wird nie wieder eine Rolle begegnen, die so sehr zu Ihnen paßt, wie die des Kapitäns des Kosmo-Jets *Hakluyt*.«

»Ich habe doch nicht die geringste Ahnung von Kosmo-Jets. Wie auch immer, ich kann es sowieso nicht machen. Mosay hat bereits einen Tobsuchtsanfall bekommen, als er gerüchteweise davon hörte.«

»Wichtigtuer Mosay! Er und ich, wir machen vollkommen unterschiedliche Dinge. Dies hier wird sehr *intimate* und *personal* sein. *Pas* Musik, *pas* Tanz, *pas* Gesang. Es wird ein ganz neuer Aufbruch in Ihrer Karriere sein.«

»Aber ich bin nun mal Sänger und Tänzer!«

Sie schnaubte ihn an. »Sie sind vor allem ein Sterblicher, Rafiel. Sie werden *alt*. Hören Sie mir zu. Das ist die Richtung, die Sie einschlagen müssen. Ich habe Sie beobachtet. Ich bin bereit, meinen guten Ruf zu verwetten...«

»Ihren guten Ruf!«

Sie überging die Unterbrechung. »... daß sie als Schauspieler ebenso gut sind wie als Tänzer und Sänger... und nur damit Sie begreifen, um was es hier geht, bekommen Sie fünf Prozent von den Bruttoeinnahmen, was Ihnen, wie Sie sehr wohl wissen, von Mosay *jamais* geboten wird.«

»Fünf Prozent von wenig ist immer noch wenig«, erwiderte Rafiel wie aus der Pistole geschossen, wobei er sie angrinste, um ihr zu zeigen, daß er es nicht böse meinte.

Sie nickte, als ob sie das erwartet hätte. Sie öffnete ihren Koffer und tastete nach der Kleintastatur zu ihrem Bildschirm. »Darf ich?« sagte sie ungerührt, ohne eine Antwort abzuwarten. Eine ganze Latte von Vertragsdokumenten spulte sich auf dem Bildschirm ab. »Das sind die Vereinbarungen über die ersten Ausstrahlungsrechte«, sagte sie. »Das sind zwanzig Millionen Dollar gleich hier von der Erde, plus noch mal zwanzig Millionen für die exklusiven Direktübertragungsrechte. Was die Zweitverwertung betrifft, da besteht ein Vertrag mit einer Garantie von weiteren vierzig Millionen über einen Zeitraum von zehn Jahren. Und all das ist jeweils das Minimum, Rafiel; ich wette um alles mögliche, daß es sich auf das Doppelte belaufen wird. Und dazu kommen die Verträge über die Nebenrechte – für die weitere Vermarktung, für die Musik. Wenn Sie alles zusammenrechnen, sehen Sie, daß allein schon der *garantierte* Betrag annähernd hundert Millionen Dollar ausmacht. Wieviel sind fünf Prozent davon, Rafiel?«

Die Frage war rein rhetorisch. Sie wartete keine Antwort ab, sondern ließ bereits die nächsten Anzeigen auf dem Bildschirm ablaufen, ohne Rafiel die Gelegenheit zu geben, sie aus seiner Wohnung zu werfen. »*Là!*« sagte sie. »*Voici!*«

Was sich ihren Augen auf dem Bildschirm darbot, war eine Raumsiedlung. Für den unbefangenen Betrachter war es kein sehr eindrucksvoller Anblick. Wie bei allen Ansichten aus dem Raum, war die Größeneinschätzung schwierig, und der Gegenstand hätte eine Getränkedose sein können, die im Raum herumschwebt.

»Das ist der Schauplatz, an dem unsere Geschichte spielt«, sagte sie. »Was Sie da sehen, ist die Raumstation *Hakluyt*. Sie hat eine Anfangsbevölkerung von zwanzigtausend Leuten und Platz genug, um sie auf das Fünffache zu vermehren. Es ist eine komplette kleine Stadt, Rafiel. Die Art von Stadt, wie sie in alten Zeiten üblich waren, vor den Bogenbauten, wissen Sie? Ein Ort, an dem jeder jeden kennt, wo man miteinander Umgang pflegt, sich liebt, sich haßt, träumt – und vollkommen von allen anderen abgeschnitten ist. Es ist ein Mikrokosmos des menschlichen Daseins, dort auf der *Hakluyt*, und wir werden seine Geschichte erzählen.«

Obwohl Rafiel die Bilder der Frau ansah, sagten sie ihm nicht viel. Soweit er es beurteilen konnte, war die *Hakluyt* eine vollkommen normale besiedelte Raumstation, ein gedrungener Zylinder mit Rippen für die Pion-Spuren, die rings um seine Außenhülle liefen. Es war ohnehin nicht viel, das er beurteilen konnte. Er hatte noch nicht viel Zeit in Raumsiedlungen verbracht, nur einmal einen vierzehntägigen Aufenthalt mit… mit…? Nein, den Namen seiner damaligen Reisebegleiterin hatte er längst vergessen und eigentlich auch alles andere im Zusammenhang mit der Reise mit Ausnahme der Tatsache, daß Raumsiedlungen keine besonders komfortablen Urlaubsorte waren.

»Wie stark rotiert dieses Ding um sich selbst?« fragte er aus rein technischem Interesse. »Ich bin es nicht gewöhnt, bei verminderter Schwerkraft zu tanzen.«

»Wenn es unterwegs ist, rotiert es überhaupt nicht. Die Schwerkraft ergibt sich aus dem Antriebsschub. Aber Sie vergessen, Rafiel«, ermahnte sie ihn, »daß sowieso nicht getanzt wird. Deshalb wird es ein so entscheidender Durchbruch für Sie sein. Hier geht es um eine *dramatische* Story, und Sie werden sie darstellen.«

»Hm«, sagte Rafiel, dem es nicht paßte, von dieser Frau ständig daran erinnert zu werden, daß in seinem speziellen Fall das Älterwerden bedeutete, daß es ihm immer schwerer fallen würde, sich in der für einen Tänzer nötigen körperlichen Verfassung zu halten. »Warum sagen Sie, man sei dort vom Rest der Welt abgeschnitten? Man gelangt viel leichter zu den Raumsiedlungen als *per esempio* zum Mars. Es gehen andauernd jede Menge Schiffe hin und zurück.«

»Nicht zu dieser Station«, erklärte ihm Hillaree mit Nachdruck. »Sie begreifen nicht, um was es geht, und das ist das ganze Drama unserer Geschichte. Sehen Sie diese Menge von Triebwerken am Sockel? Die *Hakluyt* wird nicht im Orbit bleiben. Die *Hakluyt* wird bis nach Tau Ceti reisen. Und sie wird von der Welt abgeschnitten sein, darauf können Sie sich verlassen. Sie kommt nämlich nicht zurück zur Erde, niemals.«

Sobald die Frau seine Wohnung verlassen hatte, ohne daß er mit ihr geschlafen hatte, aber auch ohne daß er sie zurückgewiesen hatte, zumindest nicht *endgültig* auf eine Weise zurückgewiesen hatte, die sie am meisten getroffen hätte, wollte Rafiel seine Agentin anrufen, um sich zu beschweren. Ein vergebliches Bemühen. Es war noch viel zu früh am Morgen, als daß Jeftha ans Tele gegangen wäre. Er versuchte es noch einmal, als er im Probesaal angekommen war, wobei das gleiche ›Nicht empfangsbereit‹-Bild auf dem Schirm erschien. »Miststück«, beschimpfte er den Bildschirm, ohne so richtig böse zu sein – Jeftha war nicht schlechter als alle anderen Künstleragenten, die er je gehabt hatte –, und gesellte sich zum Rest der Truppe.

Sie hatten schon ohne ihn angefangen. Charlus paukte wieder ganz von vorn mit dem Chor, und Victorium, neben dem Docilia stand, wartete ungeduldig auf Rafiel. »Also«, sagte er, »bist du *ganz und gar* bereit, mit der Arbeit anzufangen? Wir sind jetzt an einer ziemlich heiklen Stelle im *Oedipus* angekommen. Du hast die Verbannung Kreons befohlen, trotz der Tatsache, daß er dein Schwager ist. Du glaubst, er hat dich hinsichtlich der Prophezeiung der Apollo-Priesterin angelogen, und außerdem bist du gerade dahintergekommen, daß deine Frau, Jocasta, gleichzeitig deine Mutter ist…«

»Victorium, mein Lieber«, setzte Docilia zaghaft an, »ich möchte mit dir etwas besprechen. Ich habe an dieser Stelle nicht genügend Text, meinst du nicht auch? Weil – es ist doch *per certo* auch für mich ein schlimmer Schock, oder?«

»Darüber mußt du mit Mosay reden, wenn er zurück ist, Docilia, meine Liebe«, sagte Victorium. »Können wir uns nicht auf die Hauptsache konzentrieren? Neben dieser Inzuchts-Angelegenheit, Rafiel, bist du auch derjenige, der ihren Mann umgebracht hat, der in Wirklichkeit dein Vater war…«

»Ich habe das Manuskript gelesen«, entgegnete Rafiel.

»Natürlich hast du das, Rafiel, mein Lieber«, sagte Victorium und hörte sich alles andere als überzeugt davon an. »Dann folgen wir dir in Jocastas Zimmer, und du siehst, daß sie sich aus Scham aufgehängt hat.«

»Kann ich das nicht vor der Kamera machen, Vic?« fragte Docilia. »Ich meine, die Durchführung eines Selbstmordes ist doch eine wirklich dramatische Szene.«

»Ich glaube nicht, meine Liebe, aber auch darüber mußt du mit Mosay reden. Aber darum geht es im Moment sowieso nicht, klar? Ich spreche davon, was Rafiel tut, als er sieht, daß du Selbstmord begangen hast.«

»Ich ziehe ihr die Nadeln aus dem Haar und blende mich damit«, sagte Rafiel und nickte.

»Richtig. Du rammst dir die goldenen Haarnadeln in die Augen. Darüber habe ich mir Gedanken gemacht. Wie bewerkstelligen wir das am besten?«

»Was meinst du damit?« fragte Rafiel und blinzelte ihn an.

»Na ja, wir wollen doch, daß es *echt* aussieht, oder nicht?«

»Sicher«, sagte Rafiel überrascht, da er nicht begriff, um was es ging. Solche Dinge erledigten die Computer-Synthesizer, die jede Art von Effekt herzustellen vermochten, die man sich nur wünschen konnte.

Victorium schwieg nachdenklich. Docilia räusperte sich. »Wenn ich es mir richtig überlege, ist es vielleicht doch besser, wenn ich mich hinter den Kulissen aufhänge.«

Victorium drehte sich um und warf ihr einen zornigen Blick zu. Doch dann wurde er wieder gelassener. »Über all das werden wir uns später unterhalten«, sagte er. »Erst soll Charlus mal mit allem durch sein, und danach versuchen wir, die Szene auf die Beine zu stellen.«

Rafiel bemerkte überrascht, daß Docilia ihm aufgeregt Zeichen gab, doch was immer ihr im Kopf herumgehen mochte, es mußte warten. Victorium rief sie alle zusammen.

»Also gut«, sagte er. »Wir wollen es durchziehen. Das ganze Unheil ist aufgedeckt. Rafiel weiß, was er angerichtet hat, und alle vier Kinder sind jetzt in der Vergebungsszene auf der Bühne. Ket, du bist Polyneikes, fang von oben an.«

Gehorsam stellte sich das Quartett auf, und der Junge begann zu singen.

POLYNEIKES: Ich verzeih dir, so weine keine Träne,
auch die blöde Antigone und Eteokles,
vergeben dir, und auch die süße Ismene.

ETEOKLES: Gar so schlecht könnt Ihr nicht sein.
ISMENE: *Vous êtes* schließlich das liebe Papilein.

»Jetzt bist du dran, Rafiel«, sagte Victorium und nickte Rafiel zu, der mit seinem Text einsetzte:

OEDIPUS: *Come possibile,* daß ich nicht traurig sein soll?
Hab' meinen Pa getötet und die gute Ma gebumst wie doll.
ANTIGONE: Schon gut, Papi, wir werden dich nicht hassen.
Auch in einer miesen Phase wirst du nicht verlassen.
Du kannst uns glauben, auch uns ist nicht zum Spaßen.

»Nein, nein«, unterbrach Charlus mit einem Aufschrei. »Verzeih, Victorium, aber so geht das nicht. Bruta, das ist Steptanz, kein Ballett. Laß die Füße bitte am Boden, ja?«

»*Aspet!*« fauchte Victorium. »Ich leite die Probe, und wenn du mich andauernd unterbrichst...«

»Aber sie macht alles kaputt, siehst du das nicht?« entgegnete der Choreograph in fast verzweifeltem Ton. »Gib mir nur eine Minute mit ihr. Bitte! Bruta, ich möchte, daß du abwechselnd mit beiden Füßen steppst, und laß uns beim Singen einen kleinen Disco-Hüftschwung sehen, ja? Und ich will jeden Schritt einzeln klacken hören, laut und deutlich...«

Natürlich kamen noch weitere Einwände von Victorium. Rafiel trat etwas zurück, um die Sache zu beobachten, da sie ihn nicht direkt etwas anging, und er drehte sich um, als er spürte, daß Docilia ihn am Arm zupfte.

»Sei auf der Hut«, flüsterte sie ihm zu. »Laß dich

nicht von Mosay zu irgend etwas zwingen. Ich glaube, er will, daß du es wirklich machst. Das mit dem Blenden«, fügte sie ungeduldig hinzu, als sie merkte, daß er nicht begriffen hatte.

Rafiel sah sie eindringlich an, um zu erkennen, ob sie scherzte. Sie scherzte nicht. »Glaub mir, das wird er von dir verlangen«, sagte sie und nickte nachdrücklich. »Du sollst nicht nur so tun als ob. Er will echtes Blut sehen. Echte Schmerzen. Fetzen vom Augapfel sollen dir auf der Backe hängen.«

»Docilia!« sagte er und verzog das Gesicht.

»*What* ›Docilia‹? *Tu sais,* wie Mosay ist. Oh, vielleicht verlangt er nicht von dir, daß du dich *für immer* blind machst. Nach den Dreharbeiten zahlt er vielleicht dafür, daß die Ärzte dir ein Paar neue Augen einsetzen – aber trotzdem.«

»Mosay würde von niemandem so etwas verlangen«, widersprach Rafiel.

»Ach nein? Vor allem, wenn man bedenkt... Na gut, frag ihn einfach, wenn er wieder da ist«, sagte sie und ging nicht weiter darauf ein.

Rafiel hatte jedoch begriffen, was sie sagen wollte. ›Wenn man bedenkt‹ konnte nur bedeuten, daß sie allmählich anfingen, ihn auf lange Sicht als Auslaufmodell zu betrachten.

Als er endlich zu seiner Agentin durchkam, entschuldigte sie sich nur sehr beiläufig. »*Mi scusi*«, sagte Jeftha, »ich habe eine anstrengende Nacht hinter mir.« Das war alles an Erklärung, was sie lieferte, aber ihr dunkles und jugendliches Gesicht unterstützte die Bemerkung. Ihre Haut war ohne jede Falte wie immer, doch ihre Augen waren gerötet. »Akrobaten«, sagte sie, wobei sie mit einer Hand durch den dichten Wust ihrer Haare fuhr.

»Du solltest nicht mit den Künstlern schlafen, die

du betreust«, sagte Rafiel und verdrängte die geschichtliche Tatsache, daß sie es gelegentlich auch mit ihm getan hatte. »Also, diese Frau namens Hillaree …«

Als Jeftha von dem Überraschungsbesuch der Dramaturgin hörte, war sie außer sich vor Wut. »Diese *puta!*« fauchte sie. »Versucht sie es hinter dem Rücken deiner Agentin? Sie wird nie wieder einen meiner Schützlinge unter Vertrag bekommen – aber wie konntest du nur, Rafiel? Wenn Mosay erfährt, daß du dich mit einer Hochstaplerin, die keinen roten Heller besitzt, abgegeben hast, wird er toben!«

»Ich habe mich nicht mit ihr *abgege* …«, widersprach Rafiel, aber sie fiel ihm ins Wort.

»Du kannst nur hoffen, daß er es nicht erfährt. Er ist ohnehin schon sauschlechter Laune. Als er sich jenen Ort ansah, den er ins Auge gefaßt hatte, klärte ihn jemand darüber auf, daß das Theben, das er versuchte passend zu machen, das falsche Theben war – es gibt zwei Kaffs mit demselben Namen, kannst du dir das vorstellen? Wie blöd kann jemand sein? Das Theben in Ägypten hat nichts damit zu tun. Das Theben irgendwo nördlich von Athen war dasjenige, wo Ödipus König war, und die Gegend dort sieht vollkommen anders aus.«

»Ist er schon zurück?«

»Morgen früh kommt er«, bestätigte sie. »Also, war es das, worüber du so *unbedingt* mit mir sprechen wolltest?«

Er zögerte kurz und sagte dann: »Vergiß es. Egal.« Denn er konnte sich nicht überwinden, die Frage zu stellen, die ihm am meisten auf der Seele brannte, ob sie es nämlich für möglich hielte, daß an Docilias Andeutungen und Warnungen etwas dran sein könnte.

8

Die Arbeit eines Dramaturgen endet nicht damit, daß er für den erfolgreichen Ablauf einer Produktion sorgt. Ein Hauptteil seines Jobs besteht darin sicherzustellen, daß das Publikum auch bereit ist, Geld dafür auszugeben, sie anzuschauen. Zur Unterstützung dieses Bestrebens wirkt die Publicity wie Zuckerguß; aus diesem Grund hat Mosay Vorkehrungen getroffen, seine ersten Kostüm-Proben an einem sehr aufsehenerregenden Ort zu veranstalten. Der Ort, den er gewählt hat, ist der öffentliche Park auf dem Dach des Bogenbaus, wo viele Leute herumsitzen und spazierengehen, und jeder einzelne wird emsig Mundpropaganda betreiben, wenn er nach Hause kommt. Ebensowenig hat es Mosay versäumt, die Reporter auf das Ereignis hinzuweisen, damit sie zuhauf erscheinen mögen.

RAFIEL ERWOG ALLEN ERNSTES, das Kätzchen zu der für diesen Tag angesetzten Probe mitzunehmen, als besondere Attraktion – wer sonst in der Truppe besaß schließlich eine lebendige Katze? Aber der Park war ein Gelände von einem halben Quadratkilometer, mit einem See und überall bewaldeten Flächen und niedlichen kleinen Gärtchen. Es gab sogar einen Irrgarten aus Spindelbäumen, was ein großartiger Spielplatz für Kinder war, aber auch *der* ideale Platz, an dem sich Kätzchen verlaufen konnten, also entschied er sich dagegen und ließ es voller Bedauern in der Obhut seiner Bedienungsmaschine zurück.

Das Problem mit dem Dachgarten war, daß dort ein starker Wind wehte. Sie befanden sich beinah einen Kilometer über dem Boden, wo die Luft immer sehr bewegt ist. Mit Intelligenz ausgestattete Ventilatoren leiteten die schlimmsten Böen ab, jedoch nicht alle; Rafiel fröstelte und wünschte sich, Mosay hätte einen anderen Ort für diese Arbeit ausgesucht. Oder daß sie zumindest nicht die Anweisung bekommen hätten, in Kostümen zu erscheinen: die kurze Wolltunika spendete nicht viel Wärme. Der Wind war an diesem Tag stärker als gewöhnlich, und dicke schwarze Wolken schwebten über den Bogenbauten im Westen und trieben auf sie zu. Rafiel lauschte: Hatte er ein Donnergrollen gehört? Oder war es nur der Wind?

Zitternd gesellte er sich zu den anderen Darstellern, die umherwandelten, um sich an ihre Kostüme zu gewöhnen. Obwohl der Dachgarten gemeinsames Eigentum aller hundertsechzig und noch was tausend Leute war, die in diesem Bogenbau wohnten oder arbeiteten, war es Mosay gelungen, den Rat des Bogenbaus dazu zu überreden, eigens für die Proben eine Rasenfläche zu opfern. Der Rat hatte keine Einwände gehabt. Alle Mitglieder stimmten zu, daß es eine erfreuliche Unterhaltung für die Bewohner wäre, und überdies war Mosay sowieso ein erstklassiger Überreder – denn was sonst zeichnete schließlich einen Dramaturgen wirklich aus?

Der Beweis für seine Überredungskunst war, daß erstaunlicherweise alle Mitglieder des Ensembles erschienen waren, und zwar pünktlich: Mosay selbst, zurückgekehrt von seiner fruchtlosen Suche, doch frisch und unangefochten aussehend, ebenso Victorium und Charlus, der Choreograph – nein, Choreographie-*Assistent*, berichtigte sich Rafiel heftig – und alle sieben Hauptdarsteller der Show und das Dutzend Chormitglieder. Rafiel hatte mit den Sandalen und dem Schwert bereits in seiner Wohnung geübt, während ihn das Kätzchen beobachtet und anerken-

nend geschnurrt hatte; inzwischen konnte er sich gelassen in seinem Kostüm bewegen. Nicht so Andrev, als Kreon, dem andauernd das Schwert zwischen die Knie geriet. Sander, als Tiresias, hatte keine Kostüm-Probleme, da sein Gewand nur aus einem langen, schmucklosen Kittel bestand, und Sander, ein großer ungepflegter Mensch mit schilffarbenem Haar, das ihm über die Schultern wallte, trug das Ding, als ob es gar nicht da wäre, was so ziemlich der Art entsprach, wie er sowieso all seine Kleidung zu tragen pflegte. Die Frauen trugen einheitlich schlichte weiße Gewänder; Docilia als Jocasta hatte Blumen im Haar, die Töchter waren nicht besonders herausgeputzt.

Doch als Rafiel Bruta, als Antigone, zum erstenmal im Kostüm sah und sie sich zu ihm umwandte, blieb sein Herz für einen Moment stehen, so sehr glich sie Alegretta. »*Che cosa,* Rafiel?« fragte sie mit plötzlicher Sorge über seinen Gesichtsausdruck, doch er schüttelte den Kopf. Er ließ sie jedoch nicht aus den Augen. Abgesehen von der zufälligen Ähnlichkeit mit der verlorenen Liebe seines Lebens wirkte Bruta auf ihn ein wenig wie ein Rätsel. Bruta sah natürlich weder älter noch jünger als irgend jemand anderes aus der Truppe aus – Rafiel selbst immer ausgenommen –, doch es war offensichtlich, daß sie entschieden weniger Erfahrung hatte. Das interessierte Rafiel. Es war normalerweise nicht Mosays Art, sich mit Neulingen abzugeben. Er überließ die Entdeckung frischer Talente geringeren Dramaturgen; er konnte es sich leisten, die besten zu beschäftigen, und das waren unvermeidlicherweise auch diejenigen, die sich schon lange einen Ruf erworben hatten. Rafiel dachte daran, Docilia zu fragen, die bestimmt von allen Leuten jeden Grund kannte, warum sie etwas taten, aber er fand keine Zeit dazu. Mosay winkte bereits alle heran, damit sie sich um ihn herum versammelten.

»Kameraden«, sagte Mosay in befehlendem Ton, »ich bin froh, daß ich zurück bin, aber wir haben eine Menge Arbeit vor uns, wenn ich also um eure Aufmerksamkeit bitten dürfte?« Er bekam sie und sagte freudestrahlend: »Ich habe noch eine Mitteilung zu machen, bevor wir anfangen. Ich habe unseren Drehort gefunden. *Wunderbar,* es ist eine bereits vorhandene Kulisse, die wir so benutzen können, wie sie ist – o nein, kein Abguß des antiken Thebens, im technischen Sinn, aber sehr nahe daran. Und jetzt sollten wir unbedingt weitermachen, also *bitte*...« Rafiel grinste verstohlen über die Art, wie Mosay sich mit jeder Faser als Bühnengenie in Szene setzte, wobei er seine Schau für die Zuschauer hinter den samtenen Seilen abzog und natürlich für die gezückten Kameras der Reporter. Als er die ungeteilte Aufmerksamkeit aller auf sich spürte, fuhr er fort: »Wir verzichten auf die kurze Kampfszene mit der Sphinx, weil wir keine Sphinx haben – na ja, weil es damals keine gab; wir wären nie auf die Idee mit der Sphinx gekommen, wenn die Zeichentrickleute sie nicht eingebaut hätten –, wir fangen also mit dem *pas de quattre* an, wo ihr Kinder« – er nickte den vier ›Kleinen‹ von Ödipus und Jocaste zu – »euer Liedchen singt darüber, wie Ödipus, nachdem er Theben gerettet hat, eure *maman* heiratet, die verwitwete Jocasta, deren Gemahl auf geheimnisvolle Weise ermordet worden ist, und wie Ödipus auf diesem Wege selbst *king* wurde...«

»Du liebe Zeit, Mosay«, sagte Docilia warmherzig, »das ist ja an sich schon ein abendfüllendes Stück. *Bisogniamo* all das sagen?«

»Das müssen wir. Wir werden es schon hinkriegen, und überhaupt ist das sowieso nicht dein Problem, Docilia, oder? Du kommst in der Szene ja nicht einmal vor, und in der nächsten auch nicht, außer daß du herumstehst und schön aussiehst, denn da tritt Kreon zum erstenmal auf und erzählt Ödipus, was das Orakel des Apollon gesagt hat.«

»Ich kann den Text des Kreon schon«, berichtete Andrev stolz. Er stand in dem Ruf, sich mit dem Lernen schwerzutun.

»Das will ich auch hoffen, Andrev. Alle auf den Plätzen? Dann wollen wir mit den letzten Takten von Victoriums Eröffnung anfangen ...«

Es war keine große Szene für Rafiel. Er hatte nicht einmal Gelegenheit zu einem richtigen Auftritt, sondern lungerte einfach nur auf der Bühne herum und wartete auf das Erscheinen von Kreon. Die Szene gehörte Kreon. Victorium hatte die Musik entsprechend komponiert, mit einer Hintergrunduntermalung voller dunkler und mystischer Dissonanzen – sehr passend für die Verkündigung eines Orakels, wie es Rafiel schien.

Was ihm Kreon überbrachte, waren schlechte Nachrichten, also mußte Rafiels Antwort gleichfalls düster ausfallen. Allerdings nicht nur düster. Rafiel sorgte dafür, daß all seine Bewegungen, nun, eine Spur weniger *unheilvoll* waren als die Kreons – schließlich spielte Rafiel nicht nur einen alten, vom Schicksal geschlagenen thebanischen König, er spielte vielmehr *sich selbst,* der den König spielte. Das hieß es, ein Star zu sein.

Rafiel zuckte bei einem Krachen am Himmel zusammen. Irgendwo in der Ferne grollte Donner, und Mosay verlangte aufgeregt von einem Arbeiter, der für den Bogenbau zuständig war und sich unter den Zuschauern befand, daß sofort die Kuppel aufgerichtet würde. Gerade noch rechtzeitig; Regen klatschte auf die große durchsichtige Kapuze über dem Dach herab, noch bevor sich die fächerartigen Teilstücke vollends über ihnen geschlossen hatten. Rafiel erschauderte erneut. Er merkte, daß er ziemlich müde war. Er fragte sich, ob man das seinem Auftritt wohl anmerken mochte – obwohl es sich natürlich nur um eine Kostümprobe handelte.

Dennoch paßte Rafiel das Gefühl nicht, daß sein Tanz nicht so lebhaft war – und so arrogant tolpatschig –, wie es sein Publikum von ihm erwartete. Er zwängte sich in die Gefühle der Rolle – ein leichtes Spiel für ihn, da Rafiel alle Verwandlungseigenschaften eines Schauspielers in seiner Empfindungspalette vereinte. Was immer er privat denken oder fühlen mochte, er konnte in die Gedanken und Gefühle der Gestalt schlüpfen, die er spielte, und wenn diese Gestalt alberne Orakelweissagungen ernst nahm, dann wäre das für die Dauer der Rolle auch bei Rafiel der Fall. Er arbeitete mit solcher Hingabe, daß er am Schluß des dritten Durchgangs, als er seinen meditativen *pas de seul* beendete, fürchterlich schwitzte. Ebenso erging es Kreon, obwohl er gar nicht zu tanzen brauchte. Doch es war Rafiel, den Mosay beobachtete, und zwar mit einem eigenartigen besorgten Gesichtsausdruck, und es war Rafiel, den er ansah, als er eine zwanzigminütige Pause anberaumte.

»*Comment ça va?*« fragte Docilia und faßte Rafiel am Ellbogen.

Er blinzelte sie an. »Gut, gut«, versicherte er ihr, obwohl er selbst nicht den Eindruck hatte, daß das wirklich stimmte. War es so offensichtlich? Ihm war Mosays aufmerksamer Blick nicht entgangen, obwohl der Dramaturg ihn im Moment vergessen hatte, da er dringende Gespräche am Kommunikationsmonitor am Rand des Rasens erledigen mußte. Rafiel strengte sich an und drückte Docilias Arm liebevoll gegen seine Seite – nun, genau da lag vielleicht sein Problem. Entzugserscheinungen. Denn schließlich, warum sollte irgendein gesundes Wesen vorsätzlich aufhören, Sex zu betreiben, wenn er dadurch möglicherweise nicht nur seine künstlerische Potenz, sondern auch seine Gesundheit gefährdete?

»Du siehst nicht so aus, als ob es dir gut ginge«, erklärte ihm Docilia und schob ihn durch den Park zu einem Garten mit kunstvollen Beeten. »Außer wenn du Bruta anstarrst.«

»Ach du liebe Zeit, wirklich!« Rafiel lachte – ein echtes Lachen, denn der Gedanke erheiterte ihn. »Sie ist einfach so *jung*.«

»So amateurhaft, meinst du.«

»Das auch«, stimmte er ihr zu und legte ihr den Arm freundschaftlich um die Taille. »Ich bin sehr erstaunt, daß Mosay sie genommen hat.«

»Weißt du es nicht?«

»Was weiß ich nicht?« fragte Rafiel und bewies damit, daß es so war.

»Sie ist seine jüngste Tochter«, berichtete ihm Docilia mit Vergnügen. »Wenn du also mit ihr ins Bett gehst, dann gehörst du sozusagen zur Familie.«

Rafiel öffnete den Mund, um den Verdacht von sich zu weisen, daß er mit Bruta ins Bett ging oder überhaupt mit irgend jemandem, seit er das letztemal mit Docilia geschlafen hatte, doch er ließ ihn wieder zuklappen. Das ging Docilia schließlich nichts an, ganz zu schweigen davon, daß es nicht zum Bild eines lebenslustigen, gesunden, *jugendlichen* Idols des Publikums beitrug.

Doch vielleicht machte sie sich ihre eigenen Gedanken. »Oh, armer Rafiel«, sagte sie und zog seinen Arm fester um ihre Taille. »Du bekommst einfach nicht genug, was?« Sie sah sich um. Es war kaum jemand in ihrer Nähe; die vereinzelten Zuschauer widmeten ihre Aufmerksamkeit immer noch den Darstellern auf dem Probeplatz. Und sie befanden sich nicht weit vom Irrgarten entfernt.

»Ich habe eine Idee«, flüsterte sie. »Sollen wir ein bißchen in den Irrgarten gehen?«

Warum schließlich nicht? Rafiel fügte sich. »Nichts würde ich lieber tun«, antwortete er galant, ebenso wie sie wohl wissend, daß das Äußerste, das man in der Einsamkeit eines Irrgartens treiben konnte, ein bißchen kameradschaftliches Fummeln mit seiner Begleitung war – in bezug auf die, so spürte Rafiel allmählich, in ihm vielleicht doch wieder sexuelle Gelüste aufkeimten. Sie fanden mühelos eine stille Sackgasse, und ohne langes Herumreden und Zögern legte Rafiel Hand an sie.

»Bist du sicher, daß du nicht zu müde bist?« fragte sie, wobei sie während des Sprechens ihm jedoch entgegenkam, was wiederum ihn natürlich dazu verpflichtete, ihr zu zeigen, daß er absolut nicht zu müde war. Ihm war klar, daß er nicht allzuviel Zeit für seine Demonstration hatte, also vergeudeten sie keine. Gleich darauf befanden sie sich in der Horizontalen auf dem warmen, grasbewachsenen Boden.

Es war seltsam, dachte er, während er sie heftig rammelte, daß etwas, das man gern tun wollte, gleichzeitig eine anstrengende Aufgabe sein konnte. Er war einigermaßen froh, als sie fertig waren... Und fast im selben Augenblick, als ob das Zeichen für einen unvermittelten Einsatz gegeben worden wäre, donnerte die Stimme einer nicht zu sehenden Person irgendwo aus dem Labyrinth zu ihnen her.

Es war Mosays Stimme. Was er sagte oder vielmehr bellte, war folgendes: »Rafiel, bist du das, den ich da drin mit Docilia höre? Komm sofort heraus! Ich muß mit dir reden!«

Rafiel keuchte, doch er schaffte es, seine Partnerin anzugrinsen und ihr auf die Beine zu helfen. »Hat das nicht Zeit?« rief er und achtete sorgsam darauf, daß sein Atem möglichst gleichmäßig ging.

»Es hat *keine* Zeit«, brüllte der Dramaturg. »Ich wünsche eine *explication*. Wer ist diese Frau, die behauptet, sie hätte dich für eine neue Produktion unter Vertrag genommen?«

Rafiel stöhnte auf. Mosay war also tatsächlich dahintergekommen. Docilia legte ihm besorgt die Hand auf den Unterarm.

»Oh, *paura*. Du mußt dich zusammennehmen«, flüsterte sie und sagte im stillen dasselbe zu sich selbst. »Er ist wirklich *furioso* über irgend etwas.«

Rafiel gab klein bei, während er die Unterhose hochzog und die kurze Tunika zurechtzupfte. »Na ja«, rief er der unbeteiligten Hecke zu, »wir haben uns ein bißchen unterhalten, sie und ich...«

»Sie sagt, du hättest eingewilligt«, fauchte der unsichtbare Mosay. »Sie hat einen Bericht darüber in allen Medien verbreitet, und ich kann das nicht dulden. Rafiel, du läßt mich wie einen *fool* aussehen!«

»Ich habe keinesfalls ausdrücklich eingewilligt...«

»Aber du hast auch nicht ausdrücklich nein gesagt, was? Das ist nicht *cosi buono*. Ich erlaube nicht, daß du nach dieser noch *irgendwelche* Bindungen eingehst«, brüllte Mosay. »Und jetzt *vieni qui*, damit wir miteinander reden!«

Sein Gemaule verebbte in der Ferne. Docilia wandte sich zu Rafiel um und blickte ihm ins Gesicht. »Was, um alles in der Welt, hast du gemacht?«

»Nichts«, sagte er voller Überzeugung, doch dann, nach kurzem Nachdenken, fügte er hinzu: »Aber ich glaube, es war schon genug.« Er hätte die Frau ohne jede weitere Diskussion aus seiner Wohnung werfen können, dachte er. Das hatte er nicht getan. Resigniert wappnete er sich für die Schelte, die ihm mit Sicherheit bevorstand.

Sie kam tatsächlich, aber nicht als reine Schelte. Mosay hatte auf einen anderen Modus umgeschaltet. »Ach, *pauvre petit* Rafiel«, sagte er betrübt, »habe ich nicht immer alles für dich getan, was in meiner Macht stand? Und jetzt verbündest du dich mit irgend so einem Flittchen für eine billige, dreckige Ausbeutungs-Show!«

»Ganz so billig ist sie auch wieder nicht, Mosay. Sie bringt hundert Mi …«

»Billig bezieht sich nicht nur auf *money*, Rafiel. Billig bezieht sich auch auf billige *Menschen*. Zweitklassige Gestalten. Möchtest du deine Karriere vielleicht mit Absteigern und Nie-Aufgestiegenen ankurbeln? Nein, Rafiel«, sagte er und schüttelte den Kopf, »*non credo*, daß du das möchtest. Und überhaupt habe ich mit deiner Agentin gesprochen, und Jeftha sagt, das ganze Unternehmen ist sowieso *kaputt*.« Er gestattete sich ein verzeihendes Lächeln, dann wandte er sich brüsk ab.

»So, Kameraden, jetzt wollen wir hier unsere Arbeit machen«, rief er und klatschte in die Hände. »Auf ein neues, von der Stelle an, wo Kreon die Geschichte des Orakels erzählt …«

Aber soweit kamen sie gar nicht erst, und daran war Rafiel schuld.

Rafiel fing ganz gut an, mit zornig erhobener Stimme, um seinen Angriff auf Kreons Botschaft vom Orakel zu singen. Dann geschah etwas Merkwürdiges. Rafiel merkte, wie der Boden unter ihm wegglitt. Den Aufprall seines Kopfes auf dem weichen Rasen spürte er nicht. Er wußte nicht, daß er das Bewußtsein verloren hatte. Er merkte nur, wie er langsam wieder zu sich kam, halb benommen, als ob jemand ihn auf eine hohe Pritsche mit Rädern hieven und eilends zu einem Aufzug fahren würde, und neben ihm gingen Leute, die sich aufgeregt über ihn unterhielten, als ob er nichts hören könnte.

»Du mußt es ihm sagen, Mosay«, sprach Docilias Stimme, die verschwommen in Rafiels Ohren drang.

Dann entstand ein Raunen, von dem Rafiel erst am Ende etwas verstand, als jemand die Stimme hob und sagte: »*Pas* ich!«

»*Allora*, wer denn sonst?« Das war wieder Docilias Stimme, dann folgte wieder ein längeres Murmelmurmel, und dann kam wieder Docilia: »Ich glaube, es wäre besser, wenn *la donna* …«

Und dann spürte er den schnellen, eisigen Sprühstaub eines Betäubungsmittels seitlich am Hals. Rafiel fiel in Schlaf, sobald die Injektion ihre Wirkung tat. In einen tiefen Schlaf. So tief, daß keine Veranlassung mehr bestand, sich wegen irgend etwas Sorgen zu machen … und kein Verlangen danach, darüber nachzudenken, worüber seine Freunde wohl gesprochen haben mochten.

»Nur ein Erschöpfungszustand«, sagte die Ärztin tröstend, als Rafiel wieder bei Bewußtsein war. »Sie sind zusammengebrochen. *Probabilmente* haben Sie einfach zuviel gearbeitet.«

»Wahrscheinlich?« fragte Rafiel, um die Frau herauszufordern, doch sie hob nur die Schultern.

»Sie sind grundsätzlich wieder in der gleichen guten Verfassung wie bei Ihrer Entlassung aus diesem Krankenhaus«, sagte sie. »Ihr *ami* ist hier, um sie abzuholen.«

Der *ami* war Mosay, voller Besorgnis und Liebenswürdigkeit. Rafiel freute sich, ihn zu sehen.

»Es tut mir leid, daß ich solche Scherereien mache,

aber morgen früh bin ich wieder fit zum Arbeiten«, versprach Rafiel und stützte sich auf das harte, feste Gehäuse der Versorgungsmaschine.

»*Sans doute* wirst du das«, sagte Mosay besorgt. »Hier, setz dich in den *chaise*, die Versorgungsmaschine fährt dich zum Lift.« Und am Aufzug, als er den Rollstuhl selbst übernahm, fuhr er fort: »Trotzdem, wenn du dich noch ein kleines bißchen schwach fühlst, solltest du noch einen oder zwei Tage Ruhepause einlegen. Ich habe einen Drehort in Texas ausfindig gemacht...«

Das ließ Rafiel aufhorchen. »In Texas? *Pas* in der Türkei?«

»Natürlich nicht in der Türkei«, sagte Mosay mit Nachdruck. »Dort draußen in der Wüste gibt es genau den richtigen Ort, fast unberührt. So, jetzt sind wir bei dir, und dein hübsches Bett ist schon für dich vorbereitet – *gesu cristo!*« unterbrach er sich. »Was ist das?«

Trotz seiner Schwäche brach Rafiel in lautes Lachen aus. Seine Dienermaschine kam auf ihn zu, um ihn willkommen zu heißen, und majestätisch hinter ihm tippelte, den Schwanz steil in die Luft gereckt, das Kätzchen.

»Das ist nur meine Katze, Mosay. Ein Geschenk von einer Freundin.«

»Beißt sie?« Als er sich beruhigt hatte, warf ihr der Dramaturg trotzdem einen feindseligen Blick zu, als ob er einen Angriff erwartete, oder – schlimmer noch – einen Haufen Katzendreck. »Wenn dir so etwas gefällt, Rafiel, warum sollte ich es kritisieren? Trotzdem, ich verlasse dich jetzt. Du kannst zu uns kommen, wenn du dich bereit dazu fühlst. Wir werden eine Weile um deine Rolle herum arbeiten. Nein, widersprich nicht, das ist überhaupt kein Problem. Gib mir nur dein Wort, daß du auf keinen

Fall kommst, bevor du dich wieder *vollkommen* fit fühlst...«

»Ich verspreche es«, sagte Rafiel und wunderte sich, daß es ihm so gut tat, angehalten zu werden, eine Zeitlang gar nichts zu tun. Das war bisher noch nie der Fall gewesen.

9

Rafiel, der gern reist, hat selten Zeit, dieses ausgiebig zu tun. Das mutet ein wenig seltsam an, da er eine berühmte Erscheinung an allen Orten ist, die von menschlichen Wesen bewohnt sind, auf den Planeten und im Raum, doch natürlich ist seine Erscheinung an fast allen diesen Orten lediglich elektronischer Natur. Er freut sich schon sehr auf die Fahrt mit dem Magnetzug, mit keiner anderen Reisebegleitung als dem kleinen weißen Kätzchen. Als er endlich einsteigt, nach den unvermeidlichen paar Tagen, die er in seiner Wohnung herumgelungert hat, ist das Ganze ein noch größeres Vergnügen, als er es sich erhofft hatte – oder vielmehr, wäre es, wenn er nicht andauernd so unerklärlich müde *wäre. Dennoch erfreut er sich am Anblick der Kulisse draußen, die mit einer Geschwindigkeit von sechshundert Kilometern pro Stunde vorbeiflitzt – Bogenbauten, Felder, Wälder, Flüsse –, und er genießt das Nichtstun. Vor allem genießt er das Alleinsein. Da seine Fans, die ihn normalerweise belagert hätten, nichts von seiner Anwesenheit im Zug wissen, kommen lediglich die Dienermaschinen zu ihm, um ihm etwas zu essen zu bringen und für das Kätzchen zu sorgen, und er hat fast das Gefühl, als ob es ihm ganz recht wäre, wenn die Reise nie zu Ende ginge. Als sie ihr Ziel am Rande der Sonora-Wüste erreichen, steigt er nur zögernd aus.*

RAFIEL KAM IM SONORA-BOGENBAU gerade noch rechtzeitig an, um ein paar Stunden Schlaf in einer gemieteten Wohnung zu erhaschen; die Unterkunft war nicht annähernd so behaglich wie sein Zuhause und befand sich in einem Bogenbau, der in der Größenordnung um einiges unter dem seinen rangierte. Als er sich am Morgen zur Arbeit begab, erschien ihm selbst die Türkei als vergleichsweise erstrebenswerter Ort. Diese Wüste war *heiß*.

Mosay war bereits zur Stelle und grüßte ihn überschwenglich – und auch stolz, während er mit einer ausholenden Armbewegung auf die Kulisse zeigte, die er entdeckt hatte. »*Wonderful,* findest du nicht? Und soviel *bonne chance,* daß wir es kriegen konnten. Natürlich ist es keine *exakte* Nachahmung des richtigen alten Theben, aber ich halte es für außerordentlich *interessante,* du nicht? Und es hat doch wenig Sinn, für eine Besetzung mit den größten Talenten zu sorgen und dann von ihnen zu verlangen, vor einem Hintergrund mit kahlen Lehmhütten zu spielen.«

Schlaff vor Hitze ließ Rafiel den Blick über Mosays Vorstellung von einem ›interessanten‹ Theben schweifen. Er war sich ziemlich sicher, daß das Theben in Sonora mit dem alten Theben in Böotien sehr wenig Ähnlichkeit aufwies. Diese Marmorpracht! Diese kunstvolle indirekte Beleuchtung in den Gebäuden – hatten die Griechen überhaupt schon künstliches Licht? Hätten die Griechen diese Ödipus-Statue in Heldendimension (genauer gesagt diese Rafiel-Statue im Ödipus-Kostüm) auf dem Hauptplatz aufgestellt? Und wenn sie es wirklich getan haben sollten, hätten sie sie dann mit Beeten von weißen und gelben Rosen eingerahmt? Hatten sie Wälle um ihre Burgen? Ja, hatten sie überhaupt Burgen? Fragen dieser Art lenkten Rafiels Aufmerksamkeit von der Sonne ab, allerdings nicht in ausreichendem Maße.

»Jetzt seid ihr dran, du und Docilia – bitte!« sagte Mosay – oder eigentlich war es eher ein Befehl. »Aufstellung!« Und gleich darauf begann Jocastas Klage über das Gebären von Kindern. Rafiel reagierte, wie es die Rolle verlangte, während sie

mit bebenden Schultern und anklagend erhobenem Kopf sang:

Che sapete, mein Gemahl? Ich muß mich ums
Gebären sorgen,
Trag' diese Teufel mit mir herum und kotze jeden
Morgen.
Keine *peine* kann je so *dur* sein, keine Qual so
heiß,
Es ist, als schöbe sich ein Kürbis durch meinen …

»Nein, nein, Schnitt«, brüllte Mosay. »O Rafiel! Was glaubst du eigentlich, wofür du hier bist? Um ein Schläfchen zu halten? Deine Frau macht dir die Hölle heiß wegen der Kinder, die sie dir geboren hat, und du gaffst in die Gegend wie irgend so ein *turista.* Bring gefälligst ein bißchen Bewegung in die Sache, ja?«

»Tut mir leid«, sagte Rafiel, während sich die Truppe entspannte. Er sah Charlus mit dem Schwung wilder Entschlossenheit herankommen, auf ihn zu, während er das Gesicht der Dienermaschine zuwandte, die sich mit einem Lappen näherte, um ihm den Schweiß von der Stirn zu tupfen. Es gab nicht viel abzutupfen, trotz der Hitze; in der trockenen Wüstenluft verdunstete er fast so schnell, wie er austrat.

»Erlaubst du, R .fiel?« bot sich Charlus in fast flehendem Ton an. »Ich habe nur gedacht, du könntest vielleicht eine wirbelnde Drehung mit weit ausgestreckten Armen machen, wenn sie die Worte sagt ›und kotze jeden Morgen‹.«

»Ich möchte sie nicht an die Wand spielen.«

»Nein, natürlich nicht, aber Mosay hat nun mal eine bestimmte Vorstellung von *interaction,* verstehst du, und …«

»Klar«, sagte Rafiel. »Laß uns weitermachen.« Und es gelang ihm, sich noch eine Stunde lang auf die Arbeit zu konzentrieren, trotz der Hitze, trotz seiner Mattigkeit. Als Mosay die Mittagspause ausrief, war ihm schwindelig.

Sofort war die aufreizende kleine Bruta neben ihm. »Erlaubst du, daß ich dir Gesellschaft leiste?« fragte sie fast schnurrend, während sie ihn zu einem Sessel im Schatten begleitete. »Was möchtest du essen? Ich mache dir einen Teller zurecht und bringe ihn her.«

»Eigentlich habe ich keinen Hunger«, erwiderte er absolut wahrheitsgemäß. Er hatte das Gefühl, daß er niemals mehr Hunger haben würde.

Bruta war ganz Mitgefühl. »Nein, natürlich nicht. Es ist furchtbar heiß, nicht wahr? Aber vielleicht nur eine Schale Eiscreme – magst du Palmfrucht?« Er fügte sich und sah ihr mit objektiver Bewunderung nach, als sie ging, um es zu holen. Das Mädchen war schlank wie ein Aal, mit einem kleinen Hintern, auf den jeder Mann mit Vergnügen die Hand legen würde. Doch er fand ihn nur ganz objektiv interessant; nichts rührte sich in seiner Lendengegend, keine Bilder einer aufregenden weiblichen Figur entstanden in der Kristallkugel seines Gehirns. Nur …

Sein Mund füllte sich mit dünnem, warmem Speichel.

Das konnte doch nicht möglich sein, daß er jetzt brechen mußte! Und dann merkte er, daß es in der Tat sehr wohl möglich war. Er stand hastig auf, bereit, jedem, der ihn ansähe, mit zusammengekniffenen Lippen ein Lächeln zu schenken, doch niemand sah ihn an. Er drehte sich zu der dem Buffet abgewandten Seite um und ging in Richtung Wüste. Als er hinter Ödipus' Burg gelangt war, beschleunigte er seine Schritte und drückte sich die Handfläche vor den unwillkürlich aufklaffenden Mund, aber er konnte es nicht zurückhalten. Er beugte sich vor und spuckte eine Tassevoll einer dünnen, farblosen Flüssigkeit auf den durstigen Sand.

Es tat nicht weh, als er sich übergab. Es war fast eine Wohltat, so leicht und so schnell ging es, und als es vorbei war, fühlte er sich erheblich besser – obwohl er etwas verblüfft war, denn er hatte am Morgen nicht so viel gegessen, daß es des Übergebens wert gewesen wäre.

Er drehte sich um, um zu sehen, ob jemand von der Truppe in seine Richtung geblickt hatte. Offensichtlich hatte ihn kein menschliches Wesen beobachtet, doch eine Dienermaschine kam über den Wüstensand zu ihm hergeeilt. »Sir?« Ihre Stimme war demütig, aber bestimmt. »Sir, brauchen Sie Hilfe?«

»Nein«, sagte Rafiel und fügte hinzu: *»Hsieh-hsieh«*, da er sich seiner üblichen Höflichkeit erinnerte, auch Maschinen gegenüber.

»Ich muß Sie darüber informieren, daß hier ein gewisses Sicherheitsrisiko für Sie besteht«, erklärte die Dienermaschine. »Wir haben heute morgen vierzehn kleine Reptilien und andere Tiere vernichtet oder entfernt, aber es könnten weitere auftauchen. Sie werden durch die Anwesenheit von warmblütigen Menschen angezogen. Bitte achten Sie darauf, wo Sie hintreten.«

Rafiel vergaß fast sein Unwohlsein, so sehr entzückte ihn dieser interessante Gedanke. »Sprichst du von ›Klapperschlangen‹? Ich habe etwas über Klapperschlangen gehört. Sie können einen beißen und umbringen.«

»Oh, umbringen wohl kaum, Sir, da wir für schnelle medizinische Gegenmaßnahmen gerüstet sind. Doch es wäre eine schmerzhafte Erfahrung für Sie. Wenn Sie sich also freundlicherweise wieder zu den anderen gesellen möchten ...«

Und er schritt wachsam neben ihm her, den ganzen Weg zurück.

Es hatte den Anschein, als hätte niemand etwas von dem Ganzen gemerkt, obwohl Bruta mit einem Tablett in der Hand dastand. »Sei nicht böse, aber ich möchte doch lieber gar nichts essen«, bat Rafiel sie. »Es ist einfach zu heiß.«

»Ganz wie du willst, Rafiel«, sagte sie mitfühlend. Doch sie blieb während der ganzen Pause mit wacher Aufmerksamkeit bei ihm, dienstbereit wie eine Bedienermaschine. Als sie die Arbeit wieder aufnahmen, sah er, daß das Mädchen seinem Vater Bericht erstattete, und er spürte Mosays Augen forschend auf sich ruhen.

Er schaffte es, seine Gedanken auf die Arbeit dieses Drehtages zu konzentrieren, und auf die des nächsten. Es war, dachte er, eine einigermaßen gelungene Produktion, aber sie war nicht leicht. Sie drehten nicht in chronologischer Reihenfolge, um die Beleuchtung je nach Sonnenstand auszunutzen und um die Schauspieler vernünftig zu gruppieren. Für Rafiel war das verwirrend. Schlimmer noch, er entdeckte, daß er auf seltsame Weise weggetreten war. Docilia erschien ihm nicht mehr wie die Docilia, mit der er so häufig geschlafen hatte. Sie verkörperte nur noch ihre Rolle: Jocasta, die Mutter seiner Kinder und widerwärtigerweise auch seine eigene Mutter. Als er zu der Szene kam, wo er ihrem Leichnam gegenüberstand, der im Thronsaal baumelte und sich drehte, spürte er den unbezwingbaren Drang, seine Nerven zu beruhigen. Ohne nachzudenken, streckte er die Hand aus und berührte sie, um sich zu vergewissern, daß sie noch warm war.

»Oh, *merde,* Rafiel«, seufzte sie und öffnete die Augen, um ihn anzusehen. »Was machst du denn? Du hast die ganze *grauenvolle* Szene verpatzt.«

Doch Mosay war bereits beschwichtigend zur Stelle, ein wenig besorgt. »Ist schon gut, Rafiel«, sagte er. »Ich weiß, daß dir das alles ziemlich zu schaffen macht; der erste Drehtag und diese Hitze. Es ist sowieso langsam Zeit, um für heute aufzuhören.«

Rafiel nickte. »Morgen wird es besser gehen«, versprach er.

Aber es ging nicht besser.

Es ging am nächsten Tag nicht besser, und auch weder am Tag danach noch am darauf folgenden Tag. Es ging überhaupt nicht besser. »Das liegt selbstverständlich an der Hitze«, erklärte ihm Docilia, während sie Charlus beobachtete, der versuchte, den Chor bei der Schlußszene zu vervollkommnen (»*pliez* tiefer, verflucht noch mal, benutzt eure Beine!«). »Es war eine Schnapsidee von Mosay, uns im *Freien* arbeiten zu lassen, herrje!«

»Natürlich«, stimmte Rafiel ihr zu. Er hatte den Versuch aufgegeben, so auszusehen, als ob mit ihm alles in Ordnung sei; jedenfalls wenn er nicht vor der Kamera war. Er stand nur einfach im Schatten und ließ sich von einem Ventilator Luft zublasen. Und Charlus beruhigte ihn auf die gleiche Weise.

»Es wird dir wieder gut gehen, wenn wir hier fertig sind«, versprach er, während er Bruta und Ismene beobachtete. »Es dauert nur noch einen oder zwei Tage – nein, nein! *Chassé* rückwärts an dieser Stelle! Danach einen *pas de chat,* aber werft die Beine hoch und kommt auf dem rechten Fuß auf – so ist es besser. Möchtest du dich nicht ein bißchen hinlegen, Rafiel?«

Genau das wollte er, natürlich. Er wollte es sehr gern, aber auch wieder nicht so dringend, daß er es am Drehplatz machte und sich dabei zusehen ließ. Er legte sich immer sofort in seiner gemieteten Wohnung hin, sobald die Dreharbeiten des Tages zu Ende waren, und dort schlief er fast die ganze freie Zeit über, die ihm zur Verfügung stand, wobei das Kätzchen zusammengeringelt auf seinen Füßen lag.

Selbst Docilia bemutterte ihn, indem sie abends kam, um ihn für die Nacht zu versorgen, und dabei deutlich zum Ausdruck brachte, daß sie weder die Absicht hatte zu bleiben noch Lust dazu. Sie küßte ihn auf die Stirn und zögerte, den Blick auf die schnurrende Katze gerichtet. »Die hast du von Alegretta bekommen, stimmt's? *Permesso,* darf ich dich was fragen?« Und als er nickte, fuhr sie fort: »Ich will dir nicht zu nahe treten, aber warum bist du ausgerechnet nach dieser einen Frau so *mad?*«

»Meinst du Alegretta? Ich weiß nicht«, sagte er nach einigem Nachdenken. »*Forse* weil sie so anders ist als wir. Sie spricht sogar anders als wir. Sie ist – eine ernsthafte Person.«

»O Rafiel! Sind wir denn keine ernsthafte Personen? Wir arbeiten doch schwer!«

»Nun, sicher tun wir das, aber es ist... na ja – weißt du, wir bringen sozusagen nur Schattenbilder auf eine Leinwand. Vielleicht ist das Entscheidende, *was* sie ernsthaft macht. Stell dir vor, sie hat ihr Leben ganz neu angefangen – hat die Medizin aufgegeben und sich statt dessen der Wissenschaft zugewandt...«

Docilia schnaubte durch die Nase. »Das ist nicht so außergewöhnlich. Das könnte ich auch, wenn ich wollte. Eines Tages werde ich es wahrscheinlich wollen.«

Rafiel lächelte sie an, als er sich diese blasse, zierliche Schönheit als Wissenschaftlerin vorstellte. »Wann?« fragte er.

»Das ist doch egal. Ich habe jede Menge Zeit.«

Und Rafiel schlief mit der Überlegung ein, was ›jede Menge Zeit‹ wohl bedeuten mochte. Unter anderem bedeutete es, wenn man bis in alle Ewigkeit Zeit hatte, um *wichtige* Dinge zu erledigen, dann hatte man auch einen guten Vorwand, sie aufzuschieben – bis in alle Ewigkeit.

Die Dreharbeiten gingen schneller voran, als Rafiel es sich vorgestellt hatte, und plötzlich waren sie fast fertig damit. Als er in vollem Make-up auf seine letzte Szene wartete – sein Gesicht in einem jämmerlichen Zustand, er selbst unfähig, etwas zu sehen, so schlimm hatten die Maskenbildner seine Augen zugerichtet –, kam Docilia zu ihm. »Du warst großartig«, erklärte sie ihm liebevoll. »Ich bin allerdings froh, daß es bald vorbei ist. Ich versichere dir, es tut mir kein bißchen leid, von hier wegzukommen.«

Rafiel nickte und sagte mit einen Hauch von Wehmut: »Trotzdem ist ein bißchen Abgeschiedenheit manchmal ganz angenehm.«

Sie warf ihm einen verdutzten Blick zu. »Abgeschiedenheit?« wiederholte sie, als hätte sie das Wort noch nie gehört.

In diesem Moment rief ihn Mosay vor die Kulisse... und dann, rascher, als er erwartet hatte, war seine Rolle beendet. Der alte Ödipus, blind und hilflos, wurde aus der Stadt vertrieben, die er regiert hatte, und nun blieben nur noch die Aufnahmen der kleinen aufmunternden Schlußszene zu machen, die sich Mosay für das Publikum ausgedacht hatte und in der sich die Kinder und der Chor zum gemeinsamen Abgesang aufstellten.

Sie brauchten Rafiel dazu nicht, doch er blieb zum Zuschauen da, ob er nun vor Hitze umkam oder nicht. Ein Teil von ihm war froh, daß diese harte Prüfung vorbei war. Ein anderer Teil fragte sich düster, was jetzt als nächstes in seinem Leben folgen würde. Sehr wahrscheinlich müßte er wieder ins Krankenhaus, um noch weiteres Flickwerk an sich vornehmen zu lassen, dachte er, und das verhieß wenig Vergnügen. Er beschloß, nicht daran zu denken, und schaute dem Abdrehen der letzten Szene zu. Einer nach dem anderen erzählten die Schauspieler mit den kleineren Rollen dem Publikum, daß sie hofften, die Show habe ihm gefallen, und dann sangen sie alle zusammen:

Wenn ja, dann gibt's bald noch 'ne super
Sophokles'sche Seifenoper.

Und das war's dann. Sie überließen es den Dienermaschinen, die Kulisse abzubauen. Sie stiegen in den segensreich kühlen Ensemble-Bus, der sie zurück zu den Wohneinheiten brachte. Alle plapperten munter durcheinander und bereiteten sich auf den Abschied vor. Mosay kam taumelnd und sich an den Sitzen festhaltend zu Rafiels Platz. Er beugte sich über ihn und musterte Rafiel eindringlich. »Docilia hat gesagt, du möchtest noch eine Weile hier bleiben«, sagte er.

Rafiel blinzelte. Warum hatte sie ihm das gesagt? »Nun, ich habe eigentlich nur gesagt, daß es mir irgendwie gefallen hat, hier so in der Einsamkeit zu sein …«

Der Dramaturg schüttelte gebieterisch den Kopf. »Nein, nein. Das ist ganz in Ordnung. Es bleibt nichts mehr zu tun außer dem technischen Kram. Ich bestehe darauf. Du bleibst hier. Ruh dich aus. Mach ein paar Tage hier frei. Ich denke, du stimmst mir zu, daß es sich lohnt, und … und … überhaupt, *ese*, es gibt schließlich keinen triftigen Grund, warum du mit uns zurückfahren mußt, oder?«

Und als Rafiel darüber nachdachte, kam er zu dem Schluß, daß es tatsächlich keinen gab.

Das Problem war, daß es ebensowenig einen triftigen Grund gab, im Sonora-Bogenbau zu bleiben. Nach Rafiels Ansicht gab es überhaupt keinen triftigen Grund, warum er irgendwo sein sollte, denn – zum erstenmal seit wer weiß wie langer Zeit – er hatte nichts zu tun.

Da er keine Übung im Nichtstun hatte, dachte er sich Dinge aus, die er tun konnte. Er rief Leute über den Tele-Kommunikator an. Er rief alte Bekannte an – alle erwiesen sich als freundlich und liebenswürdig und so unverbindlich wie nie zuvor; er rief Kollegen an, rief sogar ein paar Reporter an, wenn auch nur, um ihnen für Dinge zu danken, die sie bereits über ihn veröffentlicht hatten, und geheimnisvoll zu lächeln, wenn die Sprache auf Zukunftspläne kam.

Beim Stichwort Zukunftspläne fiel ihm ein, daß er seine Agentin anrufen könnte. Jeftha war die einzige, die sich offenbar nicht veranlaßt fühlte, besonders nett zu ihm zu sein. »Ich dachte, du wärst ziemlich krank«, sagte sie und musterte ihn sorgsam, und als er widersprach und ihr versicherte, daß er wirklich vollkommen gesund sei und in Kürze wieder zu arbeiten gedenke, nahm sie ihm das nur halbwegs ab.

Sie schüttelte den Kopf. »Ich habe alle deine Auftritte abgesagt«, erklärte sie. »Laß sie so richtig Appetit bekommen, und wenn du wieder ganz fit bist…«

»Ich bin fit!«

Das schwarze, meistens fröhliche Gesicht erstarrte zu Eis. »Nein«, sagte sie.

Das war das erstemal, daß seine Agentin ihn, ihren besten Mann, mit einem glatten ›Nein‹ abgeschmettert hatte. »Verflucht noch mal«, sagte er, wütend geworden, »was glaubst du eigentlich, mit wem du sprichst? Ich brauche *dich* nicht.«

Der Ausdruck in Jefthas Gesicht wurde milder. »Ich weiß, daß du mich nicht brauchst, *caro mio*, aber ich brauche dich. Ich brauche dich gesund. Mir – liegt viel an dir, lieber Rafiel.«

Das brachte die Zornesflut in seinen Adern zum Stillstand. Er sah sie argwöhnisch an, aber zum erstenmal wirkte sie vollkommen ernst. Das war keine Eigenschaft, die er normalerweise mit Agenten in Verbindung brachte.

»Jedenfalls«, fuhr sie fort, und ihr Tonfall wurde fast wieder wie sonst, »kann ich es nicht dulden, daß du selbst Vereinbarungen triffst, *piccina*. Du gerätst höchstens in die Klauen von so Leuten wie diese bescheuerte Hillaree mit ihren blöden Ideen für eine Story. Wer will denn schon etwas von der *Realität* wissen, wie zum Beispiel Kosmo-Jets, die zu anderen Sternen aufbrechen? Die Leute interessiert das *Jetzt* nicht. Sie wollen die guten alten Geschichten mit viel Quälerei und Folterung und *Tod* – verzeih mir, *carissimo*.« Sie verstummte und wurde rot.

Doch sie hatte recht. Rafiel fand, daß er darüber wirklich einmal nachdenken mußte: war das die eigentliche Aufgabe der Kunst, den Leuten das Leiden nahezubringen, da sie selbst unfähig dazu waren?

Irgendwann einmal würde er sich ernsthaft mit diesem Gedanken auseinandersetzen, nahm er sich vor, doch nicht gerade jetzt. Also tat er sehr wenig. Er erledigte seine Anrufe, und zwischen den Anrufen döste er, hing herum, zog eine Schnur über den Teppichboden, um das Kätzchen zu erheitern, und hin und wieder fiel ihm ein, daß er etwas essen könnte.

Er dachte häufiger an ein fast vergessenes Wort,

daß ihm immer wieder durch den Kopf schoß. Das Wort war ›Ruhestand‹.

Es war eine merkwürdige Vorstellung. Er hatte noch nie jemanden kennengelernt, der ›sich zur Ruhe gesetzt‹ hatte. Doch er wußte, daß die Menschen früherer Zeit so etwas zu tun pflegten. Es wäre vielleicht eine interessante Neuheit. Es gab praktisch keinen Hinderungsgrund, der dagegen spräche; er hatte längst soviel Geld angehäuft, wie er überhaupt nur ausgeben könnte, damit er bis... eben während der Zeit, die er noch zu leben hatte. (Schließlich war es ja nicht so, daß er ewig leben würde.) Die Unsterblichen mußten Vorsorge für die Ewigkeit treffen, ja, aber es war nun mal eine kalte Tatsache, daß kein unbehandeltes menschliches Wesen mehr als hundertzwanzig Jahre überdauern konnte, und Rafiel hatte bereits neunzig davon verbraucht.

Er könnte sich sogar, grübelte er, während der abnehmenden letzten Jahre seines Lebens wie ein Unsterblicher verhalten. Wie ein Unsterblicher könnte er, wenn er wollte, eine Kursveränderung vornehmen. Er könnte eine neue Laufbahn einschlagen und das, was von seinem Leben noch blieb, in grundlegend andere Gleise lenken. Er könnte vielleicht Schriftsteller werden; er war sehr zuversichtlich, daß jeder anständige darstellende Künstler dazu in der Lage wäre. Oder er könnte Politiker werden. Sicher hatte der Name des berühmten Rafiel bei den Leuten so viel Zugkraft, daß sie ihm vor fast jedem anderen Kandidaten für fast jedes Amt den Vorzug geben würden. Kurz gesagt, es gab absolut nichts, das ihn davon abhalten könnte, etwas vollständig anderes mit dem Rest seines Lebens anzufangen. Vielleicht versagte er auf dem neuen Gebiet, auf dem er sich versuchte, das konnte natürlich passieren. Aber was würde das schon ausmachen, wenn er ein paar Jahrzehnte später ohnehin tot wäre?

Als die Bewachungsanlage der Tür summte, war er verärgert, da seine Gedanken gerade so interessante Bahnen eingeschlagen hatten. Wütend blickte er zu dem Apparat hoch. »*Ho detto* klar und deutlich, keine Besuche!«

Die Bewachungsanlage blieb ungerührt. »Es gibt immer Ausnahmen«, ließ sie ihn wissen und schöpfte damit direkt aus ihrem Basic-Programm, »und zwar im Falle von Besuchen mit besonderer Dringlichkeit, und ich bin dahingehend informiert, daß es sich hierbei um einen solchen handelt. Die Frau sagt, sie kommt von *Hakluyt,* und sie behauptet, sicher zu sein, daß Sie sie zu sehen wünschen.«

»*Hakluyt?* Ist das diese *fou* Dramaturgin wieder mal? Nun, sie hat sich getäuscht. Ich habe keine Lust, mir ihr über ihre dämliche Show zu sprechen...«

Doch dann drang eine andere Stimme aus dem Lautsprecher. Es war nicht mehr die der Bewachungsanlage. Es war eine menschliche Stimme, und zwar eine vertraute weibliche menschliche Stimme. »Rafiel«, sagte sie liebevoll, »was soll der Quatsch von wegen einer Show? Ich bin's, Alegretta. Ich bin den weiten Weg von meinem Schiff, der *Hakluyt,* hierhergekommen, um dich zu besuchen, und ich weiß nichts von irgendwelchen dämlichen Shows. Würdest du deine Bewachungsanlage bitte anweisen, mich reinzulassen?«

10

Rafiel weiß, daß Alegretta von irgendwo in der Nähe des Mars hergekommen ist, und er weiß sehr wohl, wie weit der Mars von der Erde entfernt ist: viele Millionen Kilometer. Er weiß, wie lange selbst ein Raumfahrzeug mit Dauerschub braucht, um diese gewaltige Leere zwischen den Planeten zu überwinden, und wie lange es dann noch dauert, bis ein Passagier in einem Raumhafen landet und schließlich bis an diesen abgelegenen Außenposten am Rand der Sonora-Wüste gelangt. Und er ist durchaus in der Lage zurückzurechnen und daraufzukommen, daß Alegrette diese Reise zu ihm vor – mindestens – zehn Tagen oder zwei Wochen angetreten haben muß, was so ziemlich genau um die Zeit war, als er damals in dem Krankenhaus von Indiana zusammengebrochen ist. All das weiß er, und er begreift die unerfreuliche Bedeutung, die sich daraus ergibt. Er hat nur einfach keine Lust, in diesem Moment an diese unerfreuliche Bedeutung zu denken.

WENN MAN DIE LIEBE seines Lebens verloren hat und sie plötzlich, ohne Vorwarnung, wieder auftaucht, was macht man da?

Als erstes gab es Küsse und *Wie lang ist es her?* und *Wie schön, dich wiederzusehen.* Und natürlich mußte Alegretta begutachten, wie gut es dem Kätzchen geht, das sie geschickt hatte, und Rafiel mußte die dicke weiße Katze bewundern, die Alegretta mitgebracht hatte und die eine Dienermaschine in einem großen Segeltuchbehälter für sie trug (inzwischen hatte sich herausgestellt, daß es die Mutter des Kätzchens war), und natürlich mußte Rafiel etwas zu essen und zu trinken anbieten, und Alegretta mußte etwas annehmen... und wie ging es dann weiter? Nach einem halben Jahrhundert oder mehr – was *sagt* man sich da? Was Rafiel sagte, während er der geliebten Frau beim Knabbern von Bisquits mit Affenbeeren und Bier zuschaut, war nur: »Ich habe dich hier nicht erwartet.«

»Nun, ich mußte kommen«, sagte sie schüchtern, lächelnd, und streichelte dabei die schneeweiße Katze, die hingegossen wie eine Pfütze in ihrem Schoß lag, »weil sich Nicolett hier ständig an mir rieb, um mir anzudeuten, wie sehr sie ihr Baby vermißt, und weil, ach, Rafiel, ich *dich* so verdammt vermißt habe.« Was natürlich zu weiteren Küssen über den Tisch führte, und während die Dienermaschine das Bier aufwischte, das bei diesem Vorgang verschüttet worden war, ließ sich Rafiel zurücksinken, um sie eingehend zu betrachten. Sie hatte sich nicht verändert. Das Haar war jetzt dunkler, doch es war immer noch Alegrettas unbotmäßig wilder Lockenwust, und das Gesicht und der Körper, die sehr gut zu dem Haar paßten, waren keine Stunde älter als damals vor – sechzig, siebzig Jahren, wie lange es auch her sein mochte, daß sie sich das letztemal auf diese Weise berührt hatten. Rafiel merkte, wie sein Herz in der Brust bebte, und er sagte schnell: »Was hast du da von der *Hakluyt* erzählt?«

»Das ist mein Schiff, ja.«

»Reist du auf diesem *Schiff?*«

»Natürlich, mein Liebling.« Und es stellte sich heraus, daß es sich so verhielt, obwohl er bei seinem Gespräch mit der Dramaturgin darauf niemals gekommen wäre. Es gab also tatsächlich eine Raumsiedlung mit dem Namen *Hakluyt*, und sie war tatsächlich, auch jetzt noch, ausgestattet mit Triebwerken, die auf einer Niedrigtemperatur-Fusion basierten, und einer ganzen Reihe von Pion-Generatoren, die

die Muonen herstellten, die wiederum den Fusionsreaktor in Betrieb setzten.

»Kennst du dich mit all dem Kernfusions-Zeug aus?« fragte Rafiel staunend.

»Aber sicher. Ich der Chefingenieur auf dem Schiff, Rafiel«, sagte sie voller Stolz, »und ich fürchte, das bedeutet, daß ich nicht lange hierbleiben kann. Sie bauen zur Zeit gerade die Triebwerke ein, und ich muß wieder dort sein, bevor sie damit fertig sind.«

Er schüttelte den Kopf. »Dann bist du jetzt also Teilchen-Physikerin geworden.«

»Na ja, jedenfalls Ingenieurin. Warum nicht. Man wird einer Sache überdrüssig, wenn man sie neunzig oder hundert Jahre lang gemacht hat. Ich hatte einfach keine Lust mehr, Ärztin zu sein; wenn die Dinge gut laufen, werden sie langweilig, und wenn nicht…«

Sie brach ab und biß sich auf die Lippe, als ob sie etwas auf dem Herzen hätte. Rafiel gab ihr einen neuen Anstoß. »Was werdet ihr antreffen, wenn ihr zu diesem weit entfernten Stern gelangt – wie heißt er noch gleich?«

»Er heißt Tau Ceti.«

»Auf diesem Tau Ceti, was erwartet euch dort? Werden dort Leute leben können?«

Sie dachte darüber nach. »Nun ja, bestimmt können sie das – in der Raumsiedlung allemal. Der Sonde ist es egal, welchen Planeten sie umkreist. Wir wissen im übrigen, daß es dort Planeten gibt. Wir wissen allerdings nicht, ob auf irgendwelchen davon Leben existiert…«

»Aber du reist trotzdem hin?«

»Was soll man sonst machen?« fragte sie, und er lachte.

»Du hast dich kein bißchen verändert«, sagte er zärtlich.

»Natürlich nicht. Warum sollte ich?« Sie hörte sich fast ein wenig verärgert an – vielleicht über Rafiel, denn er hatte sich schließlich verändert. Er schüttelte den Kopf, streckte mit liebevoller Begierde die Hand nach ihr aus und zog sie an sich.

Natürlich liebten sie sich, wobei die Katze und ihr Junges von der Chaiselongue an der Seitenwand des Zimmers aus interessiert zusahen. Dann schliefen sie eine Weile, oder jedenfalls Alegretta schlief, denn sie war immer noch müde von der langen Reise. Bemerkenswerterweise war Rafiel überhaupt kein bißchen müde. Er bewachte zärtlich ihren Schlaf und erlaubte sich, glücklich zu sein, obwohl er wußte, warum sie gekommen war.

Sie schlief nicht lange, und beim Erwachen lächelte sie ihn an. »Es tut mir leid, Rafiel«, sagte sie.

»Was sollte dir leid tun?«

»Es tut mir leid, daß ich so lange weggeblieben bin. Ich hatte Angst, verstehst du?« Sie richtete sich auf, nackt wie sie war. »Ich wußte nicht, ob ich damit umgehen könnte, dich … nun, alt werden zu sehen.«

Rafiel war peinlich berührt. »Es sieht nicht hübsch aus, nehme ich an.«

»Es ist erschreckend«, sagte sie ehrlich. »Ich glaube, du bist der Hauptgrund, warum ich die Medizin aufgegeben habe.«

»Ist schon gut«, sagte er beruhigend. »Ich bin jedenfalls überzeugt davon, daß das, was du jetzt machst, interessanter ist. Zu einem anderen *Stern* zu reisen! Das erfordert eine Menge Mut.«

»Es erfordert eine Menge harter Arbeit.« Dann räumte sie ein: »Es erfordert auch Mut. Ich habe natürlich lange mit mir gekämpft, bis ich mich entschloß, es zu tun. Manchmal frage ich mich immer noch, ob ich tatsächlich die Nerven habe, es bis zum Ende durchzuhalten. Wir werden fünfunddreißig Jahre unterwegs sein, Rafiel. Fast fünftausend Leute, die während dieser ganzen Zeit auf engstem Raum miteinander auskommen müssen.«

Er runzelte die Stirn. »Ich dachte, jemand hätte gesagt, die *Hakluyt* sollte anfangs zwanzigtausend an Bord haben.«

»So war es. So ist es theoretisch noch. Aber es gibt nicht genügend Freiwillige für die Reise, verstehst du. Deshalb hat man mich auch zum Chefingenieur gemacht; die anderen Experten sehen keine Veranlassung, das Sonnensystem zu verlassen, solang sie so viele interessante Dinge hier zu tun haben.« Sie beugte sich vor, um ihn zu küssen. »Weißt du, worin meine Arbeit besteht, Rafiel? Hast du eine Ahnung von der Niedrigtemperatur-Kernfusion?«

»Na ja«, setzte er an, und gab dann ehrlich zu: »Nein.«

Sie sah ihn erstaunt an, oder vielleicht war es auch nur mitleidig. »Aber es gibt doch Kraftwerke in jedem Bogenbau. Hast du noch nie eins besichtigt?« Sie wartete seine Antwort nicht ab, sondern begann ihm von ihrer Arbeit zu erzählen und wie lange sie für ihr Studium Zeit gehabt hatte, bis sie das Ingenieurswissen in allen Einzelheiten beherrschte. Und er seinerseits erzählte ihr von seinem Leben als Star, mit den persönlichen Auftritten und den Fans, die ihn überall umringten, wo immer er war, mit ihrer Liebe und Erregung; und über die *Oedipus*-Produktion, die soeben abgeschlossen worden war, und über die Mitglieder der Truppe. Alegretta war fasziniert von dem Einblick, den sie in die Hintergründe des Lebens der Berühmten bekam. Als er dann zu der Geschichte kam von Docilia und ihrer Entscheidung, mit dem Vater ihres Kindes die Monogamie zu versuchen, sobald das Kind auf der Welt wäre, kräuselte Alegretta die Lippen. Sie stand auf und starrte aus dem Fenster.

Er rief: »Stimmt was nicht?«

Sie schwieg einen Moment lang, dann wandte sie sich mit ernstem Gesicht zu ihm um. »Rafiel, Liebling«, sagte sie. »Ich muß dir etwas sagen.«

»Ich weiß«, sagte er zögernd.

»Nein, ich glaube nicht, daß du es weißt. Ich bin nicht zufällig hergekommen. Mosay …«

Da war er auch schon neben ihr und verschloß ihr die Lippen mit einem Kuß. »Aber ich weiß es wirklich«, sagte er. »Mosay hat dich angerufen, um dir Bescheid zu sagen, oder? Warum wärst du sonst in solcher Windeseile zur Erde zurückgekehrt? Dieser kleine Anfall von mir, das war nicht nur Überarbeitung, nicht wahr? Er bedeutet, daß man mich nicht mehr lange in Gang halten kann, die schlechte Nachricht ist also, daß ich nicht mehr viel Zeit habe. Ich werde sterben.«

»O Rafiel!« sagte sie bekümmert.

»Aber ich wußte mein ganzes Leben lang, daß das irgendwann geschehen würde«, sagte er sachlich, »oder jedenfalls, seit du es mir gesagt hast. Es ist nicht schlimm.«

»Doch, das *ist* es!«

Er zuckte die Achseln, beinah ärgerlich. »Es kann nicht schlimm sein, weil ich nun mal sterblich bin«, erklärte er.

Sie schüttelte den Kopf. »Ja. Und trotzdem.« Sie schien den Tränen nahe, als sie hastig weitersprach. »Verstehst du nicht, deswegen bin ich doch hergekommen! Du brauchst nicht *vollständig* zu sterben. Es gibt eine Art von Unsterblichkeit, die selbst Sterblichen offensteht, wenn sie sie wollen. Wie bei deiner Docilia.«

Er sah sie stirnrunzelnd an, und sie streckte die Hand aus und berührte seine Lippen. »Wirst du mir ein Baby machen?« flüsterte sie. »Einen Sohn? Einen Jungen, der genauso aussehen wird wie du, wenn er erwachsen ist – in der Gegend von Tau Ceti?«

11

Obwohl der Sonora-Bogenbau entschieden kleiner und schäbiger ist als die meisten im betriebsamen, dicht bevölkerten Norden, fehlen ihm natürlich nicht die Standardeinrichtungen – einschließlich einer Klinik zur Implantation eines menschlichen Fötus in eine tierische Gebärmutter als Nährboden. Am vierten Tag nach der Samenspendung können die frischgebackenen Eltern (oder, wie es meistens geschieht, zumindest der eine Teil davon) zum sonnigen, in fröhlichen Farben gestrichenen Babylabor gehen, um ihren Fötus in Empfang zu nehmen. Es ist wahr, daß die Umstände für Rafiel und Alegretta ein wenig ungewöhnlich sind. Meistens wird ein Fötus gleich in ein großes Muttertier implantiert – häufig handelt es sich um eine Kuh oder eine große Sau –, das ihn dann austrägt und auf die Welt bringt. Ihr Kind hat eine kompliziertere Brutzeit vor sich. Er (es steht fest, daß es ein Junge ist, und sie haben schon viel Zeit damit verbracht, sich Namen auszudenken) muß mit Alegretta auf dem Sternenschiff Hakluyt *reisen, und das bedeutet, daß das Wirtstier des Babys ebenfalls mitkommen muß. Kühe sind nicht besonders beförderungsfreundlich. Deshalb, zugunsten eines leichteren Transports, wurde ihr Fötus zunächst einmal in ein viel kleineres Muttertier eingesetzt, das jetzt soviel Zeit, wie ihm zugestanden wird, schnurrend auf Alegrettas Schoß liegt, ein wenig verstört durch den unlängst an ihm vorgenommenen entwürdigenden Eingriff, aber ansonsten recht zufrieden.*

REDEN UND SICH LIEBEN UND Babies machen war nicht alles, was sie taten. Am zweiten Tag verkündete Alegretta, daß sie sich vorübergehend wieder als Ärztin zu betätigen gedachte.

»Aber wahrscheinlich hast du ganz vergessen, wie das geht«, sagte Rafiel halb scherzhaft.

»Der Computer hat es nicht vergessen«, erklärte sie überhaupt nicht scherzhaft. Sie hatte sich seine medizinischen Unterlagen aus dem Datenspeicher geben lassen und las sie lange und mit großem Ernst durch. Dann schickte sie die Dienermaschine los, damit sie dies und das besorgte. Als die Sachen kamen, drückte sie ihm klebrige Sensorplättchen auf Brust und Bauch – »ich hoffe, ich weiß noch, wie man das macht, ohne daß ich dir alle Härchen rausreiße«, sagte sie – und vertiefte sich in die Anzeigen auf dem Bildschirm. Dann führte sie lange Tele-Gespräche mit irgend jemandem, von denen Rafiel ausgeschlossen war und die dazu führten, das die Bedienungsmaschine ihm neue kleine Flaschen mit allerlei Pillen und Flüssigkeiten zum Einnehmen brachte. »Damit wirst du dich besser fühlen«, erklärte sie ihm.

Doch sie wußten beide, daß selbst die äußersten Bemühungen der liebenden Alegretta unmöglich bewirken konnten, daß es ihm wirklich besser *ginge*.

Außerdem war ihnen beiden klar, daß sie nicht länger zusammen in Sonora bleiben konnten. Wenn sie es nicht gewußt hätten, dann hätte man es ihnen gesagt, denn die Rückruf-Liste auf dem Kommunikationsbildschirm wurde immer länger – Mosay und Jeftha und zehn oder zwölf andere für Rafiel, dazu über Fax eingegangene Nachrichten von der *Hakluyt* für Alegretta. Einmal am Tag nahmen sie sich die Zeit, sie zu lesen, und gelegentlich beantworteten sie sie. »Sie bringen jetzt den Gefriervorrat an Bord«, erzählte Alegretta ihrem Geliebten zwischen zwei Rückrufen.

»Tiefkühlkost für die Reise? Ihr braucht bestimmt unheimlich viel …«

»Nein, nein. Nichts zu essen – na ja, ein bißchen Tiefkühlkost ist auch dabei, ja, aber wir können nicht so viel transportieren, daß wir während der ganzen Reise damit auskommen könnten. Der größte Teil Nahrung, den wir brauchen werden, wächst unterwegs. Was ich mitnehme, sind gefrorene Sperma und Eier – von Katzen, Hunden, Schlachtvieh, Vögeln – und gefrorene Samen und Klone von Pflanzen. Wir werden sie brauchen, wenn wir dort ankommen.«

»Und wenn der Planet sich nicht eignet, um dort etwas anzupflanzen?« fragte er.

»Die Zunge soll dir rausfallen«, sagte sie geistesabwesend, und er mußte über sie lächeln, wie sie zusammengekauert über dem Verzeichnis brütete. Er stellte fest, daß er in den letzten Tagen viel lächelte. Sein Kätzchen, das keinen von ihnen beiden aus den Augen gelassen hatte, während seine Mutter in der Implantationsklinik war, leckte mit konzentrierter Aufmerksamkeit seine linke Vorderpfote. Die Liebenden berührten sich häufig, manchmal redeten sie, manchmal dösten sie nur im Duft und der Wärme des anderen. Sie sahen einander häufig an, begeistert darüber, im anderen einen zukünftigen Elternteil eines gemeinsamen Kindes zu erblicken.

Rafiel sagte nachdenklich: »Es hätte Spaß gemacht, wenn es auf die altmodische Weise empfangen worden wäre.«

Sie blickte auf. »Es ist ungefährlicher, wenn es im Labor geschieht. Ganz zu schweigen davon, daß wir auf diese Weise sicher sein können, daß es ein Junge ist.«

Sie kam zu ihm und küßte ihn. »Wir können trotzdem – nun, in einem oder zwei Tagen jedenfalls – alles in dieser Hinsicht tun, was wir wollen.«

Rafiel rieb sein Ohr an ihrer Wange, ganz zufrieden. Es war eine sehr geringfügige Unannehmlichkeit, daß ihr Geschlechtsverkehr ein paar Tage ruhen mußte, da Alegrettas Bauch noch von der Entnahme des Eis empfindlich war.

»Wirst du unruhig?« fragte sie ihn.

»Ich? Nein, ich bin ganz froh, wenn ich hier in der Wohnung bleiben kann. Wirst du es?«

»Nicht direkt, aber ich möchte gern draußen etwas erledigen«, erwiderte sie.

»Sag mir, was.«

»Um es zu verstehen, müßtest du wissen, worin meine Arbeit besteht«, erklärte sie. »Wenn du es wissen willst, würde ich dir gern zeigen, wie das Kraftwerk dieses Bogenbaus aussieht.«

»Natürlich«, sagte er.

Dasselbe hätte er fast zu allem gesagt, was Alegretta vorschlug. Dennoch, es war nicht ganz die Art eines ›Natürlich‹, von der er vollkommen überzeugt war, denn mit einem seiner Anrufe hatte Mosay ihn gewarnt, daß die Reporter wußten, daß er sich immer noch in dem Bogenbau aufhielt. Auf irgendeine Weise hatten sie sogar erfahren, daß er und Alegretta ein Kind gezeugt hatten. Irgend jemand in der Klinik mußte die Neuigkeit verraten haben. Doch Rafiel traf alle Vorkehrungen, die ihm möglich waren, um ihre Intimsphäre zu schützen. Sie wählten mit Bedacht die Zeit – und zwar nach Mitternacht, nachdem die Bewachungsanlage an der Tür ihnen gemeldet hatte, daß niemand weit und breit wahrzunehmen war –, um sich hinauszuschleichen und sich hinunter in die tiefsten Bereiche des Bogenbaus zu begeben.

Es stellte sich heraus, das es im Kraftwerk nicht besonders heiß war. Und es sah gar nicht gefährlich aus; alles war aus weißem Email oder glänzendem

Stahl, vom Aussehen her nicht beängstigender als eine Küche. Es herrschte jedoch ein ungeheurer Lärm darin; sie beide mußten Ohrenschützer aufziehen, als der diensthabende Ingenieur, aus kollegialer Höflichkeit gegenüber Alegretta, sie einließ. Bei dem Dröhnen und Quietschen ringsum konnten sie sich nicht gut unterhalten, aber Alegretta hatte schon einiges davon auf dem Weg herunter erklärt und deutete jetzt vielsagend auf den großen brummenden Zylinder und die rotgestreifte kahle Wand, und Rafiel war sich ziemlich sicher, daß er verstand, was er vor sich sah. Er wußte, daß es sich um eine müon-katalytische Kernfusion handelte. Er wußte sogar, daß das tatsächlich der sehnlichste Wunschtraum von Kraftwerk-Konstrukteuren seit Generationen war, eine Energiequelle, die sich aus dem schlichtesten Element von allen speiste: aus Wasserstoff, dem Universaltreibstoff, der auch das Feuer der Sterne beschickte und Kraft in fast jeder Form lieferte, die man sich wünschen konnte – als Hitze, kinetische Energie oder Elektrizität – ohne Umstände oder Mühe. Nun, nicht *ganz* ohne Umstände. Es hatte lange gedauert und eines ausgereiften Ingenieurswissens bedurft, um herauszufinden, wie man die Pione dazu bringen konnte, Müone zu erzeugen, die die Reaktion auslösten; aber hier war das Ergebnis. Die Niedrigtemperatur-Fusion funktionierte ohne gewaltige Explosionen, ohne unbeherrschbare Gefahren oder tödliche radioaktive Kontamination. Sie wirkte am besten bei einer optimalen Temperatur von 700 Grad Celsius (anstatt vieler Tausender!), und daher war sie wahrhaftig sowohl sicher als auch bequem. In Wirklichkeit war sie der entscheidende Grund dafür, daß die lebenden Mitglieder der menschlichen Rasse inzwischen zahlreicher als die toten waren. Die Behandlung der

Fötusse konnte das Leben unendlich verlängern, doch es war nur der billigen und einfachen Energie, die sich niemals erschöpfte, zu verdanken, daß all die zehn Milliarden menschlichen Wesen am Leben erhalten werden konnten.

»Danke«, sagte Alegretta zu dem diensthabenden Ingenieuer, als er ihnen auf dem Weg hinaus die Dosimeter und Ohrschützer abnahm. Rafiel sah den Ingenieur nicht an, als dieser die Dosimeter ablas und Alegretta zunickte zum Zeichen, daß alles in Ordnung war. Er betrachtete Alegretta, die so zierlich und hübsch und – na ja – auch so *jung* war und doch solche Energien beherrschte.

Und so verdammt *intelligent*. Sie erklärte ihm das System, begeistert und mit geröteten Wangen, während sie sich zum Ausgang bewegten. »Es ist genaugenommen Wasserstoff, den wir verbrennen; es ist müonisiertes Deutonium, du weißt schon, das schwere Wasserstoffisotop, doch mit einem Müon als Ersatz für sein Elektron.«

Das hatte er nicht gewußt, doch er sagte: »Ja. Ja, ich verstehe.«

Sie war nicht zu bremsen. »Also, da das Müon schwerer ist, kreist es dichter um den Kern herum. Das bedeutet, daß zwei Deuterium-Atome näher zueinander kommen können, als es bei elektronischem Wasserstoff je der Fall sein könnte, und deshalb verschmelzen sie sehr leicht zu Helium – oh, *verdammt!*« unterbrach sie sich und blickte durch die Tür hinaus. »Wer sind *die* denn?«

Er fluchte leise und nahm sie am Arm. »Komm!« sagte er, und sie bahnten sich einen Weg durch eine Meute von Reportern.

»Offenbar hat jemand beobachtet, wie wir hineingegangen sind«, sagte er zu ihr, als sie wieder sicher in ihrer Wohnung angekommen waren.

»Oder dein Freund, der Ingenieur, hat jemanden angerufen.«

»Ist das immer so, Rafiel?«

Er wollte ihr nichts vormachen. »Manchmal lokken wir die Reporter selbst auf unsere Spur«, gab er zu. »Ich meine, wir tun es nicht *persönlich.* Das habe ich nicht nötig. Jeftha oder Mosay oder irgend jemand besorgt das für mich, weil wir die Klatschpresse um uns herum haben *wollen,* verstehst du? Das ist gut fürs Geschäft. Sie ist die Quelle der Publicity, die uns zu Stars hochjubelt.«

»Hast du das gemacht?«

»Sie auf unsere Spur gelockt? Nein. Nein, diesmal haben sie uns von selbst gefunden. Darin sind sie sehr gut.«

Jetzt hatte er also keine Geheimnisse mehr. Die Reporter wußten, daß sich sein Leben dem Ende näherte und daß er ein Kind gezeugt hatte, das er nicht würde aufwachsen sehen; all dies machte ihn für ihre Klatschspalten um so ergiebiger: er war Rafiel, der Sterbliche; er würde das Makabre-Komische tun – er würde sterben. Da kaum jemand wirkliches Leiden kannte, füllten Leute wie Rafiel eine wichtige Lücke in der menschlichen Konstruktion – sie erledigten das Leiden für alle anderen, die es stellvertretend genossen –, und dabei hatte das Publikum den unschätzbaren Vorteil, das Leiden abstellen zu können, wenn ihm nicht mehr danach zumute war.

»Ja. Aber ist es *immer* so?«

Er hob das Kätzchen hoch und wiegte es im Arm, mit dem Bauch nach oben, und die blauen Augen des kleinen Tiers sahen ihn aufmerksam an.

»Es wird nicht aufhören, solang wir hier zusammen sind«, sagte er.

Sie ging nicht darauf ein, sondern trat schweigend vor den Kommunikationsbildschirm.

Rafiel hatte den Eindruck, daß seine Geliebte in diesem Augenblick nicht geliebt werden wollte, oder zumindest nicht aktiv geliebt. Sie hatte ihm bezeichnenderweise den Rücken zugekehrt. Sie hatte dem Gerät einige Faxe von der *Hakluyt* entnommen und war in deren Inhalt vertieft. Er wandte seine Aufmerksamkeit von ihr ab und ging in den Nebenraum, um einige Rückrufe zu erledigen. Er hatte nicht das Gefühl, ihr die Lage zufriedenstellend erklärt zu haben. Andererseits glaubte er nicht, dazu verpflichtet zu sein.

Als er zurückkam, saß sie da, ein Fax in der Hand, die schnurrende Nicolette auf dem Schoß, den Kopf gesenkt. Er stand einen Moment lang da und sah nicht Alegretta, sondern die Katze an. Das Schmusetier zeigte keinerlei Anzeichen der menschlichen Genverbindungen, die es vorübergehend zum Brüter ihres Kindes machten. Es war nichts weiter als eine Katze. Doch im Bauch dieser Katze war das Kind, das viele Wunder erleben würde, die ihm selbst für immer vorenthalten bleiben würden – eine neue Sonne am Himmel, Planeten (oder jedenfalls *vielleicht* Planeten), auf die noch nie ein Mensch den Fuß gesetzt hatte – all die Dinge, die für jemanden möglich waren, der ein endloses Leben vor sich hatte.

Er wußte, daß das Ding im Bauch der Katze noch kein eigentliches *Kind* war, noch nicht einmal ein richtiger Fötus; es war nicht größer als ein Staubkorn, und dennoch war es bereits reicher an Kräften und Zukunftsaussichten, als es sein Vater je sein würde.

Als Alegretta sich bewegte, sah er, daß sie weinte. Er stand da und starrte sie an, so peinlich berührt, wie er es im Zusammenhang mit Alegretta noch nie gewesen war. Er erinnerte sich nicht, jemals einen erwachsenen Menschen weinen gesehen zu haben. Nicht mal sich selbst. Er verlagerte voller Unbehagen sein Gewicht und verursachte dabei offenbar ein kleines Geräusch, denn sie blickte auf und bemerkte seine Anwesenheit.

Sie winkte ihn zu sich heran und legte ihm die Hand auf die seine. »Mein Liebling«, sagte sie, immer noch weinend, »ich kann es nicht länger hinausschieben. Ich muß bei den letzten Tests dabeisein, deshalb – ich muß morgen abreisen.«

»Komm ins Bett«, sagte er.

Am nächsten Morgen war er vor ihr aufgestanden. Er weckte sie mit einem Kuß. Sie lächelte ihn an, als sie die Augen öffnete, dann schwand ihr Lächeln, als ihr ihre Situation wieder einfiel, und schließlich sah sie, was er in der Hand hielt. Sie sah ihn verdutzt an. »Was soll das sein?«

Er hielt den kleinen Käfig hoch. »Ich habe gleich heute morgen eine Dienermaschine ausgeschickt, um es zu besorgen«, sagte er. »Darin kann das Kätzchen mit auf die Reise gehen. Wir wollen doch nicht schon wieder die Familie auseinanderreißen, oder?«

»Wir?«

Er zuckte die Achseln. »Du und ich sind wir. Ich habe beschlossen, daß ich unbedingt deine *Hakluyt* sehen will, bevor sie dich mir wegnimmt.«

»Aber Rafiel! Es ist eine weite Reise bis zur *Hakluyt*!«

»Es fliegen doch Kosmo-Jets dorthin, oder nicht?«

»Natürlich, aber...« sie zögerte, dann fuhr sie hastig fort: »... aber glaubst du, du kannst eine solche Anstrengung aushalten, Rafiel? Ich meine, körperlich? Schon in den Orbit zu gelangen, ist sehr anstrengend, weißt du; du wirst mit der

Schienenschleuder hochgeschossen, und das bedeutete eine Beschleunigung von siebenfacher Schwerkraft. Kannst du einen Druck von sieben Ge aushalten?«

»Ich kann alles aushalten«, sagte er, »außer, dich so bald zu verlieren.«

12

Rafiel hat Reisefieber. Das erste Stück der Strecke legen sie per Flugzeug zurück. Es ist seit vielen Jahren das erstemal, daß er in einem Flugzeug sitzt, und sie haben keine Wahl; es gehen keine Magmaschicht-Bahnen in die peruanischen Anden. Dort steht die Abschußrampe für die Schienenschleuder, an einem Westhang des Gebirges, in Richtung Sterne weisend. Als die große Turboprop-Maschine zur Landung auf dem Gelände der Abschußrampe ansetzt, kann Rafiel zum erstenmal einen ausgiebigen Blick auf das Ding werfen. Es sieht wie eine umgekehrte Sprungschanze aus: bei ihm führt der Weg nach oben. *Die Landschaft ringsum ist eindrucksvoll. Nördlich von der Abschußrampe ist ein gewaltiger Wasserfall, der einst als hydroelektrisches Kraftwerk diente und halb Peru und fast ganz Bolivien mit Energie versorgte. Durch die Niedrigtemperatur-Fusion wurden die Anlagen zur Erzeugung von Hydro-Energie überflüssig, und jetzt ist er einfach nur noch ein dekoratives Naturschauspiel. Beim Aussteigen merkt Rafiel, wie sein Herz heftig pocht und sein Atem stoßweise geht, denn selbst die Basis der Abschußrampe liegt fast 2500 Meter über dem Meeresspiegel, aber er macht sich nichts draus. Er ist* überwältigt.

WÄHREND SIE DIE WEICH GEPOLSTERTEN Schleuderanzüge anlegten, hielt Rafiel inne, um auf das Heulen einer Kapsel zu lauschen, die soeben auf den Schienen bis zur Abschußgeschwindigkeit beschleunigt wurde. Alegretta hielt ebenfalls in ihrem Tun inne und sah ihn an. »Bist du *sicher*, daß du damit klar kommst?« fragte sie. Durch eine wegwerfende Handbewegung ließ er sie wissen, daß er sehr, sehr sicher sei. Sie überprüfte sorgsam jede Maßnahme, während er sich den Schleuderanzug Schritt für Schritt anlegte. Es war wichtig, was sie darunter anhatten – keiner von beiden durfte einen Gürtel tragen, Alegretta keinen Büstenhalter, lieber Pantoffeln als richtige Schuhe, keine schweren Schmuckstücke – denn der Druck von sieben Ge würde sich äußerst unangenehm bemerkbar machen, wenn ihnen irgendein Kleidungsstück ins Fleisch schnitt oder ihre Bewegungsfreiheit einschränkte. Als Alegretta mit ihren Vorbereitungen zufrieden war, widmete sie sich dem ernsten Problem, den Katzen Körbe anzupassen.

»Wird sie es gut überstehen?« fragte Rafiel besorgt und sah dabei Nicolette an – wobei er in Wirklichkeit meinte: Wird das Beinah-Baby in ihrem Bauch es gut überstehen?

»Ich werde dafür sorgen, daß sie es gut übersteht«, versprach Alegretta, während sie die Elastizität der Polsterung mit den Fingerknöcheln prüfte. »Das wird ausreichen. Im übrigen können Katzen hohe Ge-Werte besser aushalten als Menschen. Du hast doch sicher auch schon Geschichten gehört, daß eine Katze im zehnten Stockwerk aus dem Fenster gefallen und unten unversehrt davonspaziert ist, oder nicht? Das entspricht der Wahrheit – meistens jedenfalls. Jetzt laß uns hinunter zur Einstiegsplattform gehen.«

Dort war mehr Betrieb, als Rafiel erwartet hatte. Vier oder fünf andere Passagiere verabschiedeten sich auf der Plattform von Freunden, aber es waren nicht nur Leute da, die im Begriff waren, in den Raum geschossen zu werden. Es standen Kisten und Kartons herum, alle gepolstert, die sorgfältig eingepaßt und verkantet im Frachtabteil verstaut wurden, und Dienermaschinen schnallten riesige Flaschen voll Flüssiggas mit Riemen fest. »Einsteigen«, befahl ein Aufseher, und als sie in der Kapsel waren, beugte sich ein Steward über sie, um ihnen beim Befestigen der Riemen und Haken zu helfen. »Entspannen Sie sich einfach«, sagte er, »und drehen Sie den Kopf nicht zur Seite.« Dann ging er zu den Katzenkörben. Das Kätzchen war bereits eingeschlafen, doch seiner Mutter paßte offensichtlich ganz und gar nicht, was mit ihr geschah. Sie konnte jedoch nicht viel dagegen unternehmen in dem pulloverartigen Kleidungsstück, das sie zur Reglosigkeit verdammte – nein, dachte Rafiel, es war nicht so sehr ein Pullover, sondern eher eine Zwangsjacke …

Und dann waren sie auch schon unterwegs.

Der Schub drückte alle Atemluft aus Rafiel, der sich nicht in vollem Ausmaß erinnert hatte, was sieben Ge ihm anhaben konnten. Der gepolsterte Sitz bestand aus speicherfähigem Plastik und hatte sich genau seinen Körperformen angepaßt; die Gurte waren ebenfalls gepolstert, und der Anzug wies keine Falten oder Nähte auf, die sich ihm ins Fleisch hätten schneiden können. Doch sieben Ge blieben nun mal *sieben Ge.* Der athletische Körper eines Tänzers, der nie mehr als fünfundsiebzig Kilogramm auf die Waage gebracht hatte, wog plötzlich über eine halbe Tonne. Das Atmen war beängstigend schwer; seine Brustmuskeln waren es nicht gewöhnt, den Brustkorb gegen einen so kräftigen Widerstand auszudehnen. Sobald er den Kopf umwandte, auch wenn es noch so geringfügig war, wurde ihm schwindelig, da sich die Knochen seines inneren Ohrs dagegen wehrten, so gemein verdreht zu werden. Er hatte das Gefühl, sich übergeben zu müssen; er zwang sich zum Atmen.

Dieser Zustand dauerte nur ein paar Minuten. Dann waren sie davon befreit. Die Beschleunigung hatte aufgehört. Die Schienenschleuder hatte die Kapsel über ihre äußerste Spitze hinausgeschossen, und jetzt wurden sie einfach frei in den Himmel geworfen, schwerelos. Die einzige Kraft, die nun noch von außen auf die Schleuderkapsel einwirkte, war die immer geringer werdende Reibung der Außenluft; sie drückte am Anfang Rafiels Körper noch gegen die Haltegurte, doch dann war auch das vorbei.

»Herzlichen Glückwunsch, lieber Rafiel«, sagte Alegretta lächelnd. »Du befindest dich im Weltraum.«

Nachdem sie auf ein Raumschiff umgestiegen waren, dauerte es noch acht Tage bis zum Mars-Orbit, wo die *Hakluyt* auf sie wartete. Es gab ein paar kleine Schlafkabinen im Schiff, zusätzlich zu den Räumen mit vielen Kojen. Die Kabinen waren teuer, aber darüber machte sich Rafiel keine Gedanken, da ihm sehr wohl bewußt war, daß er weit mehr Geld hatte, als er in seinem Leben noch ausgeben konnte. Also hatten er und Alegretta und die Katzen ihr kleines privates Plätzchen, nur sie vier – oder fünf, wenn man das kleine Bündel von Zellen mitzählte, das im Bauch der weißen Katze emsig damit beschäftigt war, sich zu teilen und sich darauf vorzubereiten, ein Mensch zu werden.

Ihr Gefährt war ein Dauerschub-Raumschiff, das mit einem genau bemessenen Bruchteil eines Ge während des gesamten Weges zum Wendepunkt beschleunigte und von dort an seine Geschwindigkeit verringerte. Es war mühelos möglich, sich im Schiff zu bewegen. Allerdings hatte es kaum Sinn, das zu tun, denn es gab nicht viel Abwechslung. Es gab keinen Speisesaal, keine Bühne für unterhaltsame Darbietungen, keinen Swimmingpool auf dem hinteren

Deck, keine Turnhalle, um sich auszutoben. Die Dienermaschinen servierten die Mahlzeiten dort, wo die Passagiere gerade waren. Die meisten der Reisenden verbrachten die Zeit damit, Vid-Programme, alte und neue, auf ihren persönlichen Bildschirmen anzusehen. Oder mit Schlafen. In ihrer privaten Kabine standen Rafiel und Alegretta noch einige andere Möglichkeiten offen, unter anderem, Gespräche zu führen; doch auch sie schliefen viel.

Mehr als viel.

Als sie, an ihrem Ziel angekommen, mit der Fähre an der Raumstation anlegten, rechnete Rafiel nach und stellte überrascht fest, daß er während der ganzen Reise nur zweimal geschlafen hatte. Es mußte ein guter, langer Schlaf gewesen sein – jeweils zwei oder drei volle Vierundzwanzigstundentage lang; und bei dieser Überlegung wurde ihm klar, daß ihm Alegretta ein Mittel verabreicht hatte, das ihn derartig ruhiggestellt hatte.

13

An Bord der Hakluyt verschwindet Alegretta, sobald sich Rafiel eingerichtet hat. Sie kann es nicht abwarten zu sehen, welchen Schaden ihre Vertretung an ihren wertvollen Maschinen angerichtet haben mochte. Deshalb ist Rafiel frei, die Raumsiedlung zu erforschen. Die Triebwerke der Hakluyt erzeugen noch keine Schubkraft, lediglich ein langsames Rotieren der zylinderförmigen Sonde, damit man unten und oben unterscheiden kann. Das ist für alle ein kleines Problem. Alle Raumstationen drehen sich langsam, damit die Zentrifugalkraft eine gewisse Art von Schwerkraft herstellt. Doch wenn sich die Hakluyt in Bewegung setzt, wird das Drehen eingestellt, weil es dann nicht mehr nötig ist. Das ›Unten‹, das durch das Drehen simuliert wird – strahlenförmig nach außen, ausgehend von der Mittelachse des Zylinders – wird ersetzt durch ein nach hinten gerichtetes ›Unten‹, auf die Antriebsdüsen im Heck zu. Infolgedessen muß jedes einzelne Stück der Einrichtung umgestellt werden, da die Wände zu Böden werden und umgekehrt. Rafiel kommt mit seiner Orientierung ziemlich durcheinander. Abgesehen von dem Umstand, daß die meisten Einbauten bereits neu angeordnet sind, ist die geringe Schwerkraft für ihn etwas Ungewohntes. Weil er sich so selten in Umgebungen mit einem niedrigen Ge-Wert aufhält, hält er sich beim Gehen instinktiv an Gegenständen fest, obwohl das Gefühl in Wirklichkeit nicht viel anders ist als – sagen wir mal – auf dem Mond. (Doch selbst dort ist Rafiel seit länger als einem halben Jahrhundert nicht mehr gewesen.) Als er sich jedoch an diese Dinge gewöhnt hat, ist er fasziniert. Alles ist so emsig. Alle haben es so eilig. Alle an Bord befindlichen Personen packen beim Beladen mit an, selbst kleine Kinder – Rafiel ist ganz hingerissen, als er sieht, *wieviel Kinder dabei sind. Jung und alt können es kaum erwarten, zu ihrer langen interstellaren Reise aufzubrechen – und sie haben keine große Geduld mit Leuten (auch nicht mit sehr berühmten Leuten), die ihnen zufällig in den Weg geraten.*

NACH DREI TAGEN AN BORD der *Hakluyt* gewöhnte sich Rafiel allmählich an den Umstand, daß er Alegretta nicht oft sah. Jedenfalls nicht, solang sie wach war. Im wachen Zustand hatte sie offenbar für nichts anderes Zeit, als seine Körperfunktionen zu überwachen und auf ihren Computerbildschirm zu starren, nachdem sie ihm Sensoren an die Brust geklebt hatte, sowie dafür zu sorgen, daß er seine Mittelchen brav einnahm. Dann war sie wieder weg, mit einem gehetzten Ausdruck im Gesicht.

Natürlich schliefen sie zusammen, oder zumindest schliefen sie im selben Bett. Allerdings nicht unbedingt zur selben Zeit. Ein paarmal kam Rafiel in ihre kleine Kabine zurück und fand sie dort zusammengekringelt vor, weit weg im Schlaf. Wenn sie spürte, daß er neben sie kroch, streckte sie die Hand nach ihm aus. Er war nie ganz sicher, ob sie wach war, auch nicht, während sie sich liebten – sie war wach genug, um auf ihn zu reagieren, das schon, und um zufrieden zu murmeln, wenn sie fertig waren, doch es kam nichts von ihr, das man als artikuliertes Sprechen hätte bezeichnen können.

Allerdings war es fast ein ausreichend gutes Gefühl zu wissen, daß sie in der Nähe war. Nicht ganz; aber die Erforschung des Schiffes war immer noch ein fesselndes Unterfangen; er trachtete danach, den geschäftigen Arbeitsmannschaften aus dem Weg zu gehen, versuchte, hilfreich zu sein, wo er konnte, oder ihnen zumindest nicht in die Quere zu kommen, wo er es nicht konnte. Das Schiff war voller Wunder, nicht zuletzt wegen der Leute, die seine Mannschaft bildeten (fleißig, ernst, schlicht gekleidet und ungeheuer *gewissenhaft*). Ein Wunder besonderer Art war der ausgedehnte Raum in der Mitte, der so etwas wie einen Himmel bildete, während sich die Raumsiedlung um sich selbst drehte (welchen Zweck würde er wohl erfüllen, wenn sie unterwegs waren?). Das größte Wunder war allerdings die *Hakluyt* an sich. Sie befand sich auf der Reise an einen Ort, wo noch nie, *niemals* ein menschliches Wesen hingekommen war.

Alles an dem Schiff riß Rafiel zu Begeisterung und Erstaunen hin. Er entdeckte, daß die Couch in ihrer Kabine ein Bett wurde, wenn sie es so wollten, und wenn sie weder das ein noch das andere wollten, verschwand sie ganz in der Wand. Es gab eine kleine Tastatur in dem Raum, mit dem man Luft, Wärme, Licht, Uhr, Kommunikation regulieren konnte – Rafiel erheiterte der Gedanke, daß er die ganze *Hakluyt* steuern könnte, wenn er nur wüßte, welche Knöpfe er zu drücken hätte. Und wenn alles funktionieren würde.

In der Tat funktionierte absolut nicht alles. Als Rafiel versuchte, einen Nachrichtensender von der Erde zu empfangen, zeigte ihm der Bildschirm einen Zeichentrickfilm für Kinder, und als er versuchte, das zu ändern, erschien auf dem Schirm nur noch ein Störungs-Schneegestöber. Die Wasserhähne – heiß, kalt, Trinkwasser – lieferten alle nur kaltes Wasser.

Als er aufwachte und merkte, wie die erschöpfte Alegretta versuchte, leise in ihr gemeinsames Bett zu kriechen, sagte er – und meinte es als Scherz: »Ich hoffe, das Navigationssystem funktioniert besser als der Rest von dem Zeug.«

Sie nahm ihn ernst. »Es tut mir leid«, sagte sie müde und mit einem sehnsüchtigen Blick aufs Bett. »Das liegt am Kraftwerk. Es war ursprünglich nicht für die Energieversorgung eines Schiffes konstruiert, sondern nur für die Bedürfnisse von Privathaushalten. Oh, es erzeugt jede Menge Energie. Aber sie haben die Anlage in der Mitte des Schiffs eingebaut anstatt am Heck, und wir mußten alles gegen den Antriebsschub fest mit Haken und Riemen sichern. Das bedeutete, daß die Wasserbehälter anders angebracht werden mußten – übrigens, trink das Wasser nicht, Liebling; wenn du Durst hast, geh in eine der Küchen – und … Na ja«, schloß sie betrübt, »ich hätte eben hier sein sollen.«

Das war Öl auf Rafiels wachsendes Schuldgefühl. Er wagte einen Vorstoß. »Ich möchte mich gern nützlich machen«, sagte er.

»Wie denn?« fragte sie sofort – auf kränkende Weise, wie er es befürchtet hatte.

Er zuckte zusammen, sagte aber: »Es werden weitere Vorräte geladen – heute morgen waren es frische Steckbohnen, wie ich gehört habe. Wenigstens kann ich helfen, die Fracht zu verstauen.«

»Das kannst du *nicht!*« erwiderte sie, plötzlich aufgeschreckt. »Das ist viel zu anstrengend. Ich möchte nicht, daß du mir unter den Augen zusammenbrichst!« Dann beruhigte sie sich etwas und dachte einen Moment lang nach. »Na gut. Ich werde mit Boretta, der Mannschaftsmeisterin, sprechen. Sie wird etwas für dich finden – aber jetzt laß mich bitte ins Bett kommen.«

Boretta fand tatsächlich etwas für ihn. Rafiel wurde Kinderbetreuer in einer der Kinderkrippen auf dem Schiff und entlastete damit den Zehnjährigen, der bisher mit der Aufsicht über die Null- bis Dreijährigen betraut war, so daß dieser Pflichten im aktiven Dienst übernehmen konnte.

Das war ganz und gar nicht die Art von Beschäftigung, die Rafiel im Sinn gehabt hatte, aber andererseits hatte er nichts Bestimmtes im Sinn gehabt, denn welche Verwendung hatte die *Hakluyt* für einen Steptänzer? Doch seine Bemühungen stellten eine echte Hilfe dar. (Der Zehnjährige machte sich jetzt ungeheuer nützlich, indem er der schwitzenden Lademannschaft Sandwiches und Getränke brachte.) Rafiel stellte fest, daß es ihm Spaß machte, Babies zu hüten. Selbst das Windelnwechseln war eine ziemlich konstruktive Tätigkeit. Sie genügte nicht unbedingt ästhetischen Ansprüchen, das nicht. Überdies wiederholte sie sich auf eintönigste Weise, denn die Windeln blieben niemals sauber. Doch während er das tat, hatte er das Gefühl, mit dieser Aufgabe eine Schuld zurückzuzahlen, in der er – bei wem auch immer – stand, nämlich bei der Person, die in etwa neun Monaten die Windeln seines Kindes wechseln würde.

Der Zehnjährige war so nett, Rafiel in den praktischen Handgriffen zu unterweisen, die er für die Arbeit brauchte. Und nicht nur das, er war auch noch so nett, angemessen beeindruckt zu sein, als er herausfand, wer Rafiel in Wirklichkeit war. (Ach, ich habe Sie auf dem Bildschirm gesehen! Und jetzt läuft eine neue Show von Ihnen an – wann? *Bald*?) Der Junge schleppte sogar seinen älteren Bruder an – eine überlegene und größere Version desselben, immerhin schon dreizehn – , um diesen waschechten Star kennenzulernen. Als Rafiel einen Augenblick Zeit zum Nachdenken hatte – zwischen dem Bemühen, eine Zweijährige zum Einschlafen zu überreden und einem noch Kleineren ein Rülpsen zu entlocken –, kam er zu dem Schluß, daß er ziemlich glücklich war, ja wirklich. Er mochte all diese merkwürdigen, hingebungsvollen, raumreisenden Menschen, die mit ihm in der Raumsiedlung lebten. ›Merkwürdig‹ war allerdings das passende Wort für sie. Anders als all seine Freunde und Kollegen, mit denen er sein Leben bisher verbracht hatte, bedienten sich diese *Hakluyt*ianer einer unverschnörkelten Sprache ohne Fremdworte, ohne weitschweifigen Umschreibungen. Außerdem hatten sie grundsätzlich unverschnörkelte Körper. Ihre Bekleidung war schlicht und einfach zweckmäßig, und selbst die jüngsten und bestaussehenden trugen keinen Schmuck.

Als Rafiel eine Weile darüber gegrübelt hatte, kam ihm plötzlich eine Erklärung in den Sinn. Diese Leute hatten einfach keine Zeit für irgendwelchen Schnickschnack. So erstaunlich dieser Gedanke auch war, diese *Unsterblichen* hatten es so eilig, Dinge zu erledigen, obwohl sie die Ewigkeit vor sich hatten, daß sie keine Zeit vergeuden durften.

Am Tag vor dem vorgesehenen Aufbruch der *Hakluyt* stahl sich Alegretta irgendwie genügend Zeit, um ihre Pflichten zurückzustellen und mit Rafiel ins Babylabor zu gehen, wo sie zusahen, wie ihr Beinah-Kind von Nicolettes winzigem Bauch in den passenderen einer sanften rötlichgrauen Stute übertragen wurde. Es war ein chirurgischer Eingriff, ohne Zweifel, aber ein friedvoller und kein grausamer. Selbst Nicolette schien das Ganze nichts auszumachen, solange Alegrettas Hand auf ihrem Kopf ruhte.

Auf dem Weg zurück zu ihrer Kabine schwieg Alegretta. Und was noch seltsamer war: sie trödelte, obwohl sie es doch sonst immer schrecklich eilig hatte, an die Arbeit zu kommen, die auf sie wartete.

Rafiel entging das nicht, obwohl er ständig von

Passanten abgelenkt wurde. Der Zehnjährige hatte die Kunde von seinem Ruhm verbreitet. Ungefähr jede dritte Person, die sie trafen, wie beschäftigt sie auch sein mochte, blickte zumindest auf und nickte oder rief ihm einen freundlichen Gruß zu. Nach der zwanzigsten oder dreißigsten derartigen Begegnung sagte Rafiel: »Das alles tut mir sehr leid, Alegretta.«

Sie blickte fragend zu ihm auf. »Was tut dir leid? Die Tatsache, daß sie dich mögen? Wann wird *Oedipus* ausgestrahlt?«

»Ungefähr in einer Woche, glaube ich.«

»Ungefähr in einer Woche.« Sie brauchte nicht eigens darauf hinzuweisen, daß in einer Woche die *Hakluyt* schon seit sechs Tagen unterwegs wäre. »Ich nehme an, daß viele dieser Leute den Wunsch haben werden, die Show zu sehen«, sagte sie nachdenklich. »Es wird ihnen herzlich leid tun, daß du nicht hier bist, damit sie ein großes Getue um dich veranstalten können, wenn sie läuft.«

Rafiel nickte nur, obwohl er aus einem unerklärlichen Grund innerlich anschwoll vor Freude und Stolz. Dann beugte er sich dicht zu ihr, verwirrt durch etwas, was sie ziemlich leise noch hinterher gesagt hatte. »Wie bitte?«

»Ich sagte, du könntest hier sein«, wiederholte Alegretta. »Ich meine, wenn du willst. Wenn es dich nicht stört, niemals mehr zur Erde zurückzukehren, weil … o Gott!« jammerte sie. »Wie kann man zu jemandem liebevoll sagen ›weil du in ein paar Wochen tot sein wirst und es ohnehin nichts mehr ausmacht, wo du bist‹?«

Sie hielt inne, denn Rafiel hatte ihr zärtlich einen Finger auf die Lippen gelegt.

»Du hast es gerade getan«, sagte er. »Und natürlich komme ich mit. Ich habe nur darauf gewartet, eingeladen zu werden.«

14

Weniger als sechsunddreißig Stunden sind vergangen seit dem Aufbruch der Hakluyt, *doch während der ganzen Zeit arbeiten ihre heckwärtigen Antriebsmotoren emsig an ihrer Jahrzehnte dauernden Aufgabe, das Schiff durch den interstellaren Raum zu befördern. Inzwischen ist es immerhin schon etwa fünfzehn Millionen Kilometer bis an seinen marsnahen Orbit herangekommen, und mit jeder Sekunde, die vergeht, schieben Alegrettas Niedrigtemperatur-Kernfusionsdüsen es einige hundert Kilometer weiter. Die Reaktoren funktionieren einwandfrei. Dennoch kann es Alegretta kaum ertragen, die Kontrollanzeigen und Instrumente, die ihr das bestätigen, aus den Augen zu lassen. Nach der Voraufbruchshektik entschädigen sich die fünftausend Pioniere der* Hakluyt *allmählich für ihren Schlafmangel. Das gleiche gilt für Alegretta.*

RAFIEL VERSUCHTE, GERÄUSCHLOS seinen Morgenmantel anzuziehen, um ins Bad zu gehen, aber er sah, daß sich Alegretta im Schlaf bewegte. Als er sicher aus dem Zimmer war, entspannte er sich etwas – zumindest *tat* er entspannt, indem er mit strahlendem Gesicht allen Leuten zunickte, die er im Korridor traf. Erst als er sich in einem Spiegel sah, hörte diese Schauspielerei auf, und er ließ die Müdigkeit und das Unbehagen in seinem Gesicht sehen. Diese Empfindungen wurden jetzt mit jedem Tag stärker. Der Körper, der ihm neunzig und ein paar Jahre lang gute Dienste geleistet hatte, war abgenutzt. Doch da gegen diesen Umstand absolut nichts getan werden konnte, verbannte er ihn aus seinem Denken, duschte rasch, zog sich rosafarbene Shorts und ein geblümtes weites Hemd an, Kleidungsstücke, die dem auf der *Hakluyt* gepflegten Stil am nächsten kamen, und ging in ihre Kabine zurück. Inzwischen hatte sich Alegretta aufgerichtet und saß jetzt schlaftrunken auf der Bettkante und beobachtete Nicolette, die am Fuß des Bettes pflichtbewußt ihr Junges ableckte.

»Du hättest ruhig noch ein bißchen schlafen können«, sagte er zärtlich.

Sie blinzelte ihn an. »Ich konnte nicht mehr. Außerdem« – sie brach ab und gähnte – »ist für nachher eine Personalversammlung angesetzt. Ich sollte mich entscheiden, wofür ich mich bewerben will.«

Rafiel schob die Katzen sanft aus dem Weg und setzte sich kameradschaftlich neben sie. Sie hatten schon häufiger über ihre Zukunftspläne gesprochen. Er wußte, daß Alegretta während der langen Reise noch ein paar andere Aufgaben würde übernehmen müssen. Sofern nicht mit den Reaktoren irgend etwas ernsthaft schieflief, hätte sie sehr wenig zu tun. (Und falls, was äußerst unwahrscheinlich war, tatsächlich etwas im Raum zwischen den Sternen ernsthaft schieflaufen würde, befände sich das Schiff in größeren Schwierigkeiten, als seine Passagiere zu überleben hoffen durften.) »Was für ein Job wäre dir denn angenehm?«

»Ich bin nicht sicher. Ich dachte zum Beispiel an die Nahrungsmittelkontrolle«, sagte sie stirnrunzelnd. »Oder vielleicht an die Müllwiederverwertung. Was findest du besser?«

Er tat so, als nähme er diese Frage ernst. Ihm war bewußt, daß beide Aufgaben ihre volle Zeit und Kraft beanspruchen würden, wie die Luft- und Wasserkontrolle. Wenn eine dieser lebenswichtigen Funktionen versagte, wäre das Schicksal des Schiffes jeweils auf eine spezielle Art besiegelt. Deshalb waren während der gesamten Reisezeit menschliche Mannschaften mit ihrer Überwachung beauftragt – und vielleicht noch darüber hinaus, wenn sie keinen aufnahmebereiten Planeten in der Umlaufbahn um Tau Ceti vorfänden. Doch er wußte auch, daß er nicht den Einblick hatte, um Alegretta bei der Wahl zu helfen, also sagte er aufs Geratewohl: »Nahrungsmittelkontrolle hört sich erfreulicher an.«

»Meinst du?« Sie dachte nach. »Vielleicht stimmt das irgendwie, aber ich müßte meine Kenntnisse in Aero-Ökologie und Spurenelemente-Verwaltung von Grund auf auffrischen. Die Müll-Geschichte ist leichter. Dabei geht es hauptsächlich um Klempnerarbeiten, und dafür habe ich die besten Voraussetzungen.«

Er küßte sie. »Schlaf mal drüber«, riet er ihr und stand auf.

Sie blickte besorgt zu ihm auf und erinnerte sich an ihre Rolle als Ärztin. »Du bist derjenige, der viel Schlaf nötig hat.«

»Ich habe reichlich Schlaf bekommen, und ich habe jetzt sowieso keine Zeit dazu. Manfred wartet bei den Babies auf mich.«

»Muß das sein? Ich meine, tut es dir gut? Der Junge wird allein mit ihnen fertig, und du siehst so müde aus …«

»Mir geht es gut«, sagte er und versuchte den Menschen zu überzeugen, der besser wußte, wie es um ihn stand, als er selbst.

Sie verzog das Gesicht. »Dir geht es *nicht* gut! Du solltest dich ausruhen.«

Er schüttelte den Kopf. »Nein, Liebste, mir geht es wirklich gut. Es ist nur mein Körper, der krank ist.«

Er hatte sie nicht angelogen. Er war durchaus in der Lage, in der Kinderkrippe zu helfen, es ging ihm in jeder Hinsicht gut – außer was seinen Körper betraf. Der verursachte andauernd kleine Wehwehchen, die ständig größer wurden. Das störte ihn jedoch nicht, denn sie waren noch nicht so weit gediehen, daß sie ihn bei der Aufgabe des Kinderhütens behinderten. Die Arbeit war jetzt leichter als je zuvor, nachdem die Hektik der letzten Vorbereitungen vor dem Aufbruch überstanden war. Dem Zehnjährigen, Manfred Okasa-Pennyweight, war gestattet worden, den Job wiederaufzunehmen, und jetzt verrichteten sie also eine gemeinsame Schicht im Wikkeln und Füttern und Spielen.

Obwohl Rafiel seinem jungen Kollegen unterstellt war, richtete sich Manfred so oft wie möglich nach ihm. Vor allem deshalb, weil Manfred beschlossen hatte, vielleicht selbst einmal Tänzer zu werden – na ja, nur als *Hobby*, erklärte er Rafiel, was fast wie eine Entschuldigung klang. Er ging mit unerschütterlicher Sicherheit davon aus, daß seine eigentliche Arbeit im Bereich des Konstruierens läge, sobald sie einen Planeten gefunden hätten, auf dem sich etwas konstruieren ließe. Und er platzte beinah vor Ungeduld, Rafiels Auftritt zu sehen. »Wir alle werden uns *Oedipus* anschauen«, sagte er ernst zu Rafiel und blickte dabei von dem Baby auf, dem er gerade die Flasche gab. »Alle, ohne Ausnahme. Sie sind hier ziemlich berühmt.«

»Wie schön«, sagte Rafiel gerührt und erfreut, und als sie eine kurze Pause einlegten, zeigte er dem Jungen, wie man eine eingesprungene Drehung vollführte, nach links und nach rechts. Die Babies sahen interessiert zu, obwohl Rafiel die Darbietung nicht für seine beste hielt. »Es ist schwierig, die Füße zum Boden zu bekommen, wenn man in einer Umgebung mit einem Viertel Ge stept«, japste er.

Manfred war besorgt. »Machen Sie so etwas nicht

noch mal, bitte. Sie sollten sich nicht so sehr verausgaben«, sagte er. Rafiel fiel es nicht schwer, auf weitere Kunststücke dieser Art zu verzichten. Er zeigte Manfred einige der weniger anstrengenden Figuren, zum Beispiel die Ausgangspositionen beim Ballett – obwohl er sich fragte, ob Ballett in dieser Umgebung einen besonderen Reiz haben würde. Die höchsten Sprünge wären nicht allzu eindrucksvoll, wenn die Winzlinge in der Baybkrippe fast ebenso hoch hüpfen konnten.

Als ihre Schicht vorbei war, blieb Manfred noch ein wenig Zeit, bevor er zu seinem Schulunterricht gehen mußte. Schüchtern fragte er, ob Rafiel vielleicht irgend etwas auf dem Schiff gezeigt bekommen möchte, und Rafiel nahm die Gelegenheit wahr. »Ich möchte gern die Recycling-Anlage für Müll besichtigen«, sagte er, ohne zu zögern.

»Sie möchten wirklich in den Stinkraum gehen? Nun, natürlich, wenn Sie meinen.« Und unterwegs fügte Manfred im Plauderton hinzu: »Wahrscheinlich riecht es zur Zeit dort nicht ganz so schlimm, denn bei den meisten der wiederverwerteten organischen Stoffe handelt es sich um kleingehäckselte Bäume und solche Sachen – sie mußten vor unserem Start alle gefällt werden, weil sie in die falsche Richtung wuchsen, verstehen Sie? Die wären beim Start alle umgestürzt.«

Rafiel verstand. Außerdem nahm er den Gestank der Anlage wahr; es herrschte ein ganz bestimmter Geruch in den Aufbereitungs-Kammern, der nicht nur der Nadelholzduft von Baumstämmen war, obwohl der Krach noch viel schlimmer war als der Geruch. In der nächsten Abteilung wurde lautstark gehämmert und geschweißt, und ein weiterer Satz Tröge für den Aero-Pflanzenanbau, ausgerichtet auf die neue rückwärtige Orientierung, wurde aufgebaut. »Pflanzen wollen nach *oben* wachsen, verstehen Sie«, erklärte Manfred. »Deshalb mußten wir alle alten Bäume fällen.«

»Aber ihr werdet neue anpflanzen, nehme ich an?«

»Ach, ich glaube nicht. Ich meine, keine Kiefern und Ahornbäume wie beim erstenmal. Sie werden kleinere anpflanzen – die begünstigen das Luft-Recycling – und wahrscheinlich einige Obstbäume, könnte ich mir denken, aber keine mehr von diesen großen, alten Sorten. Sie wären immer noch nicht ausgewachsen, bis wir nach Tau Ceti kommen, und dann müßten sie nur wieder gefällt werden.«

Rafiel spähte in den Verarbeitungsraum, wo der Abfall zerkleinert wurde. »Und dann kommt alles in diese Kübel?«

»Alles Organische, das wir nicht mehr nutzen können«, sagte Manfred stolz. »Aller Abfall, und alles, was stirbt.«

»Sogar Menschen?« fragte Rafiel, und sofort danach tat es ihm leid. Denn natürlich hatten sie bis jetzt wahrscheinlich noch nie einen menschlichen Leichnam verarbeiten müssen.

»Ich habe genug gesehen«, sagte er und schenkte dem Jungen ein professionelles Lächeln. Er wollte nicht länger an diesem Ort verweilen, wo er in Kürze sowieso enden würde. Er würde es niemals bis Tau Ceti schaffen, würde nicht einmal die Geburt seines Sohnes erleben… statt dessen würde sein Körper ziemlich bald in diesen Wiederaufarbeitungskesseln landen, zusammen mit den Küchenabfällen und dem Abwasser und den Körpern aller möglichen Haustiere, die unterwegs sterben und letztendlich in Nahrung verwandelt und so in diesem geschlossenen Ökosystem für immer zirkulieren würden. In gewisser Weise würde Rafiel die anderen niemals verlassen.

Während Alegretta wieder mal über ihren Diagnose-Darstellungen brütete, ließ Rafiel die letzten Nachrichten von der Erde ablaufen.

Die ersten Reaktionen auf sein Verschwinden waren Entsetzen, Fassungslosigkeit, Vorwürfe, doch inzwischen schienen sich alle, die er kannte, mit dem kühnen Entschluß ihres Stars zumindest abgefunden zu haben, und Mosays Briefe hätte man fast als begeistert bezeichnen können. Die Reporter drehten fast durch wegen der Wahnsinnstory über ihren sterbenden Ödipus, der zu seinem letzten großen Abenteuer aufgebrochen war. Selbst Docilia war äußerst angetan von dem Aufhebens, das die Medien um das Ganze machten, obwohl es sie etwas kränkte, daß die Hauptaufmerksamkeit *ihm* galt. Alegretta war sehr zufrieden, als sie die Nachricht vernahm, daß eine weitere Raumstation dazu bewegt worden war, dafür zu stimmen, in ein Schiff umgewandelt zu werden; vielleicht würde Rafiels Beispiel noch weitere nach sich ziehen.

Entschieden weniger zufrieden war sie mit den Anzeigen über seine Körperfunktionen auf ihrem Bildschirm. »Du solltest dich wirklich ins Schiffslazarett begeben«, sagte sie niedergeschlagen.

»Und was könnte man dort für mich tun?« fragt er. Natürlich hatte sie keine Antwort darauf. Es gab nicht mehr viel, das man tun konnte. Um das Thema zu wechseln, hob Rafiel das Kätzchen auf. »Weißt du, was ich hier komisch finde?« sagte er. »Diese Katzen. Und ich habe Hunde und Vögel gesehen – alle Arten von Schmusetierchen.«

»Warum nicht? Wir mögen Tiere.« Sie widmete ihm nur ihre halbe Aufmerksamkeit, ihre Konzentration war auf den Bildschirm gerichtet. »Ehrlich gesagt, es kann sein, daß ich diese Mode eingeführt habe.«

»Wirklich? Aber auf der Erde haben die wenigsten Leute Tiere. In den Bogenbauten sieht man kaum mal eins. Habt ihr denn keine Angst, daß sie euch wegsterben werden?«

Sie drehte sich zu ihm um, plötzlich voller Zorn. »Wie du, meinst du wohl?« zischte sie ihn an, und ihre Augen funkelten. »Siehst du, was der Bildschirm über deine Tests aussagt? In deiner Urinprobe wurde Blut festgestellt, Rafiel!«

Das hatte er bereits vor ihr gewußt, denn ihm war nicht entgangen, welche Farbe die Flüssigkeit hatte, die in die kleine Flasche gelaufen war. Er zuckte die Achseln. »Was erwartest du? Ich vermute, meine *rognons* tun's nicht mehr so richtig. Aber hör mal, was hast du gemeint, als du sagtest, du hättest diese Mode eingeführt ...«

Sie unterbrach ihn. »Sag Nieren, wenn du Nieren meinst«, wies sie ihn schroff zurecht; dabei sah sie hilflos aus und deshalb wütend, weil sie so hilflos war. Er kannte diesen Gesichtsausdruck. Fast genauso hatte sie damals ausgesehen, als sie ihm die schlechte Nachricht von seiner Sterblichkeit eröffnet hatte, vor ach so langer Zeit, und dadurch wurde die Frage, die ihm durch den Sinn ging, im Keim erstickt.

»Aber ich fühle mich immer noch absolut gesund«, sagte er eindringlich – und beging den Fehler, ihr das mit einem mehrfachen Sechserstep beweisen zu wollen – einem langsamen, wegen der verringerten Schwerkraft.

Nach ein paar Schritten hielt er atemlos inne.

Er sah sie an. »Das hat nicht so gut geklappt«, japste er. »Vielleicht sollte ich mich doch in Behandlung begeben.«

15

Das Lazarett der Hakluyt *ist ungefähr so groß wie ein Krankenhaus in einem durchschnittlichen Bogenbau auf der Erde, und kaum weniger leistungsfähig. Dennoch, die Möglichkeiten sind einfach begrenzt, was eine Klinik für einen Sterblichen, der sich dem Ende seiner zu erwartenden Lebensdauer nähert, tun kann. Als man Rafiel nach vier Tagen aufweckt, ist er alles andere als vollkommen gesund. Sein Gesicht ist aufgedunsen. Seine Haut ist fahl. Doch er hat strenge Anweisung gegeben, ihn aufzuwecken, damit er bei der Sendung von* Oedipus *dabeisein kann. Da man im Krankenhaus nichts für ihn tun kann, das viel an seinem Zustand ändert, gibt man seinem Verlangen nach. Man holt ihm sogar die Kleider, die er angefordert hat, aus seinem Zimmer, und als er angezogen ist, betrachtet er sich im Spiegel. Er trägt sein aufwendigstes und dramatischstes Kostüm. Es ist ein Frack in Sonnenunterganggelb, dessen Schöße mit Stichen in leuchtendem Rot gesäumt sind, dazu ein diamantbesetzter Stehkragen um den Hals. Die Diamanten sind echt. Wenn er ein bißchen Glück hat, denkt er, dann richten die Leute die Blicke auf seine Kleidung und nicht auf sein Gesicht.*

WAHRSCHEINLICH SAH SICH nicht jeder einzelne von den fünftausend Leuten auf der *Hakluyt* die *Oedipus*-Show an, als die Bilder, die von der Erde ausgestrahlt wurden, das dahinrasende Sternenschiff einholten. Doch es war die Minderheit, die nicht zuschaute. Zwanzig Zuschauer leisteten Rafiel und Alegretta, die Hand in Hand in einem Gemeinschaftsraum saßen, Gesellschaft, darunter Manfred und sein Bruder und etliche Leute, die Rafiel eigentlich nicht kannte – die Manfred jedoch kannte oder Alegretta und die deshalb eingeladen worden waren.

Es war ein hübscher Raum. Er hatte sogar eine gewisse Ähnlichkeit mit Rafiels früherer Wohnung und war zu einem großen freien Platz hin offen, der sich innen in der Mitte der *Hakluyt* auftat; sie konnten hinausblicken und sahen Hunderte von weiteren erleuchteten Räumen, die dem ihren glichen und die sich ringsum in dem Zylinder übereinanderreihten, einige einen Viertel Kilometer weit entfernt. Und in den meisten schauten die Leute ebenfalls zu. Als die vier Kinder von Jocasta und Oedipus ihren lustigen kleinen Tanz zur Eröffnung der Show darboten, lachten die Leute im Raum genau an den Stellen, wo es Mosay vorgesehen hatte – und zwei Sekunden später drang das entfernte, verzögerte Lachen von der anderen Seite des freien Platzes herüber, ausreichend verstärkt durch die echowerfende Form des Schiffs, um ihre Ohren zu erreichen.

Rafiel blickte kaum auf den Bildschirm. Er war zufrieden, einfach dazusitzen, zufrieden mit dem Erfolg der Show, er fühlte sich behaglich in der Gegenwart von Alegretta… zumindest im allgemeinen Sinn behaglich; behaglich, wenn man von einem gelegentlichen akuten Unbehagen absah, das ihm sein Körper bereitete. Er ließ sich von dem Unbehagen nichts anmerken. Er spürte voller Zärtlichkeit, daß Alegrettas Hände von Zeit zu Zeit von seiner Hand zum Handgelenk fuhren, und ihm war bewußt, daß sie seinen Puls fühlte.

Er empfand keineswegs schlimme Schmerzen. Natürlich waren die Schmerzen vorhanden. Nur die dämpfenden Medikamente, die man ihm verabreicht hatte, linderten sie so sehr, daß sie nur noch lästig und nicht qualvoll waren. Er fand sich damit ab, wie er sich damit abfand, daß sich der Rest seiner Lebenserwartung nur noch in Tagen maß. Keiner der beiden Umstände nagte an seinem Gemüt. Irgendwo in seinem Kopf spukte noch eine unbeantwortete Frage herum, etwas, das er gern von Alegretta gewußt hätte, aber was es genau war, hätte er nicht zu sagen vermocht. Er fand sich mit der Tatsache ab, daß sein Geist verwirrt war. Er schlummerte sogar hin und wieder ein, während er so dasaß, und er war sich klar darüber, daß er zeitweise völlig weggetreten war und nur aufwachte, wenn gelacht wurde oder die Zuschauer mitfühlende Laute von sich gaben. Er konnte nicht klar unterscheiden zwischen den Halbträumen, die sein Gehirn beschäftigten, und der Szene auf dem Bildschirm. Als sich im Publikum ein Raunen erhob, während er – als Ödipus – seinen feierlichen Eid ablegte, die Stadt von der Krankheit zu heilen, vermischte sich in Rafiels Denken das Raunen mit einer verschwommenen Vision, in der die ersten Forscher von der *Hakluyt* das Landefahrzeug verließen und einen hübschen grünen neuen Planeten betraten, unter dem Beifall eines unglaublich freundlichen Empfangskomitees. Erst kurz vor Ende erwachte er wieder vollends, denn neben sich hörte er ein leises Geräusch, das nichts mit der Handlung auf dem Bildschirm zu tun hatte.

Alegretta weinte.

Er sah sie verwirrt an, dann blickte er zum Bildschirm. Er hatte eine Stunde lang oder noch länger von der Show nichts mitbekommen. Das Stück hatte jetzt bis zu der Szene seinen Fortgang genommen, in der sich der Chor von dem blinden und verzweifelten Ödipus verabschiedet; allein und in Ungnade gefallen, ging er in eine hoffnungslose Zukunft davon. Und der Chor sang:

Dort schreitet Ödipus von dannen,
einst der beste unsrer Mannen.
Nun ertrinkt er in Mühsal und Not.
Von ganz oben herabgefallen,
ein Beweis, daß von uns allen,
Glück erst erkannt wird nach dem Tod.

Rafiel dachte eine Weile darüber nach. Dann blinzelte er den Rest des Schlafs weg und streckte die Hand aus, um Alegrettas Wange zu berühren. »Aber ich habe es bereits erkannt«, sagte er, »und sieh mal, ich bin ja noch nicht tot.«

»Weißt du was, Rafiel?« fragte sie mit belegter Stimme, ohne sich in ihrem Tun zu unterbrechen. Dieses Tun bestand merkwürdigerweise darin, daß sie ihm warme, klebrige Metalldinge an die Schläfen und den Hals drückte.

»Oh«, sagte er, da ihm mit einemmal etwas dämmerte, »die Show ist vorbei, ja?« Denn sie befanden sich nicht mehr in dem Gemeinschaftsraum mit dem Bildschirm. Das merkte er daran, daß er im Bett war – in ihrer Kabine? Nein, entschied er, eher wieder im Schiffslazarett. Es war noch ein Arzt im Raum, ebenfalls über einen Monitor gebeugt, und in der Tür stand Manfred, eher verwirrt aussehend als traurig, aber immerhin zu traurig, um zu sprechen.

Rafiel merkte, daß der Junge betrübt war, und er wollte ihm etwas Tröstendes sagen, doch sein Geist schweifte für eine Weile ab, während er überlegte, was er sagen sollte. Als er wieder hinsah, war der Junge weg. Das gleiche galt für den anderen Arzt. Nur Alegretta saß neben ihm, mit erschöpft geschlossenen Augen und im Schoß gefalteten Händen; und in diesem Moment fiel Rafiel die Frage ein, die ihm im Kopf herumgegangen war. »Die Katzen«, sagte er.

Alegretta zuckte zusammen. Sie öffnete ruckartig die Augen und wandte sie schuldbewußt dem Monitor zu, bevor sie sie auf ihn richtete. »Was? Oh, die Katzen. Denen geht es gut, Rafiel. Manfred kümmert sich um sie.« Dann warf sie wieder einen Blick auf den Monitor und fuhr fort: »Wie fühlst du dich?«

Das erschien Rafiel als eine sinnvolle Frage. Er brauchte jedoch eine Weile, bis er sie beantworten konnte, denn er fühlte so gut wie gar nichts. Er empfand keine Schmerzen, weder im Bauch noch sonst irgendwo, sondern nur eine allgemeine Taubheit, die es ihm schwermachte, sich zu bewegen.

Er faßte das alles in einem Wort zusammen. »Gut. Ich fühle mich gut.« Dann verstummte er, um sich die Frage noch einmal zurechtzulegen, die ihn beschäftigte. Als er sich darüber klar war, sprach er. »Alegretta, hast du nicht gesagt, du hättest die Mode eingeführt, Schmusetierchen zu halten?«

»Schmusetierchen? Ja, ich war die erste, die hier auf der *Hakluyt* so etwas hatte, vor vielen, vielen Jahren.«

»Warum?« fragte er. Und dann, weil er das Gefühl hatte, daß die Zeit drängte, brachte er seine geschwollene Zunge dazu, es auszusprechen: »Hast du es getan, damit du dich daran gewöhnen konntest, daß Dinge, die du liebst, sterben? Dinge wie ich?«

»Ich wußte gar nicht, daß du Psychotherapeut bist, Rafiel«, flüsterte sie. Es war ein Eingeständnis, und sie wußte, daß er es verstand ... obwohl sich seine Augen geschlossen hatten und sie nicht erkennen konnte, ob er die Worte gehört hatte oder nicht. Sie brauchte keine Bestätigung vom Bildschirm oder von dem anderen Arzt, der hereingerannt kam, um zu wissen, daß Rafiel sich der Minderheit der Toten angeschlossen hatte. Sie küßte die Lippen, die keine Reaktion zeigten, und ging in die Kabine zurück, die sie gemeinsam bewohnt hatten, um zu weinen und darüber nachzudenken, was sie ihrem Sohn eines Tages über seinen Vater erzählen würde: daß er berühmt und tapfer war und geliebt wurde... und vor allem, daß Rafiel, gewiß, ja, trotz allem in seinem Leben glücklich gewesen war und gewußt hatte, daß es ein wahres Leben war.